Ida Vos, 1931 geboren, erlebte als Mädchen ein ähnliches Schicksal wie Anne Frank und viele andere jüdische Kinder: Sie verbrachte die Zeit der deutschen Besatzung in den Niederlanden in einem Versteck auf einem Dachboden. Sie überlebte als eine der wenigen niederländischen Juden den Holocaust. 1989 erschien in Deutschland ihr erstes Kinderbuch, das ihre Erinnerungen an diese Zeit beschreibt, ›Wer nicht weg ist, wird gesehen‹. »Als der Verleger mich bat, meine Kindheitserinnerungen aufzuschreiben, war meine erste Reaktion: Nein, das tu' ich nicht. Meine Kindheitserinnerungen tun mir weh.«
Ida Vos erzählt unpathetisch und nüchtern von den alltäglichen Ereignissen, der schrittweisen Entwicklung, der ganz »normalen« Grausamkeit ihrer Kindheit. »Sie will nicht zu Tränen rühren. In ihren Büchern, voll Schilderungen der grauenhaften Realität in der Besatzungszeit, wo jeden Tag aufs neue Nachbarn, Freunde und Verwandte verschwinden, finden sich immer wieder Stellen zum Schmunzeln oder zum Lachen.« (Börsenblatt)
Ida Vos glaubt, daß es für Kinder wichtig ist, zu erfahren, was Geschichte für den einzelnen Menschen bedeutet. »Weil es nicht vorbei ist, weil in vielen Teilen der Welt Kinder verfolgt werden, gefoltert und getötet.« Sie wünscht allen Kindern der Welt, daß sie in Frieden und Freiheit leben dürfen, weil das die Grundlage ist, um wachsen zu können und ein glücklicher Mensch zu werden.

Wer nicht weg ist, wird gesehn. Ria heißt eigentlich Rachel. Sie ist eine Untergetauchte. In den von den Nazis besetzten Niederlanden müssen die Juden untertauchen, um der Deportierung zu entgehen. Rachel, ihre kleine Schwester Esther und die Eltern tauchen unter. Sie haben Glück und finden Menschen, die bereit sind, ihr Leben zu riskieren, indem sie der jüdischen Familie ein Versteck ermöglichen. In den langen Jahren dieser Untertauchzeit muß Rachels Familie nicht nur mehrmals das Versteck wechseln, sie muß sich auch trennen. Die beiden Mädchen kommen zu Pflegeeltern. Sie verstecken sich bei Razzien stundenlang hinter einem Schrank, mucksmäuschenstill und steif vor Angst. Sie müssen sich neue, nichtjüdische Namen zulegen, dürfen niemals aus dem Haus, nie frische Luft atmen, rennen, spielen, spazierengehen. Aber sie haben Glück, andere werden geschnappt und in die Konzentrationslager deportiert, wenige kommen nach dem Krieg zurück, die meisten »gibt es nicht mehr«.

Ida Vos

Wer nicht weg ist, wird gesehn

Aus dem Niederländischen
von Mirjam Pressler

Fischer Taschenbuch Verlag

Fischer Schatzinsel
Herausgegeben von Klaus Humann

Veröffentlicht im Fischer Taschenbuch Verlag GmbH,
Frankfurt am Main, Januar 1996

Lizenzausgabe mit freundlicher Genehmigung des Verlags
Sauerländer, Aarau und Frankfurt am Main
Die niederländische Ausgabe erschien 1981 unter dem Titel
›Wie niet weg ist wordt gezien‹
bei Uitgeverij Leopold BV, Amsterdam

Gesamtherstellung: Clausen & Bosse, Leck
Printed in Germany
ISBN 3-596-80142-7

Gedruckt auf chlor- und säurefreiem Papier

Für unsere Kriegspflegeeltern
Tante Nel und Onkel Jaap de Lange

»Sieben, acht, neun, zehn –
Wer nicht weg ist, wird gesehn.«

Niederländischer Abzählvers

Wie dieses Buch entstanden ist

Als der Verleger mich bat, meine Kindheitserinnerungen aufzuschreiben, war meine erste Reaktion: »Nein, das tu' ich nicht. Meine Kindheitserinnerungen tun mir weh.«

Trotzdem liegt das Buch WER NICHT WEG IST, WIRD GESEHN vor dir.

Warum ich es doch getan habe? Ich will versuchen, das zu erklären.

Jedesmal, wenn ich in der Zeitung oder im Fernsehen Kinder sehe, die unter Gewalt leiden müssen, denke ich: Ja, so war es. Ich erkenne ihre Gesichter. Ich erkenne ihre Augen, ich erkenne ihre Angst.

Damit habe ich die Frage beantwortet, die ich mir selbst viele Male gestellt habe: »Warum tust du es?«

Weil es nicht vorbei ist, weil in vielen Teilen der Welt Kinder verfolgt werden, gefoltert und getötet. Darum!

Ich finde es richtig, Menschen, die in Freiheit leben dürfen, etwas von der Angst fühlen zu lassen, die verfolgte Kinder aushalten müssen.

Darum habe ich durchgehalten, auch wenn mich das Schreiben dieses Buches viele schlaflose Nächte gekostet hat.
Ich wünsche allen Kindern der Welt, daß sie in Frieden und Freiheit leben dürfen, weil das die Grundlage ist, um zu wachsen und ein glücklicher Mensch zu werden.

Ida Vos

Lesen

Ein neues Mädchen ist in die Klasse gekommen. Akke heißt sie. Akke kann noch nicht gut lesen, und nun hat Fräulein Koetsveld gefragt, ob sie Akke helfen will.
»Rachel«, hat die Lehrerin gesagt, »du kannst schon so gut lesen. Würdest du an einem freien Nachmittag mal ein bißchen mit Akke üben? Sie wohnt ganz bei dir in der Nähe.«
»Gern, Fräulein«, hat Rachel geantwortet.
Sie ist stolz, daß sie Akke helfen darf. Buchstaben kennt sie schon von ihrem fünften Jahr an. Darum langweilt sie sich oft, wenn die anderen Kinder der Klasse laut lesen müssen.
Heute ist es nicht so schlimm wie sonst.
Es hängt ein neues Bild in der Klasse.
Beatrix, ein Jahr alt, steht darauf. Man sieht ein Foto von einem kleinen, dicken Mädchen in einem Laufstall. Das Mädchen ist eine Prinzessin, und ihre Eltern heißen Prinzessin Juliana und Prinz Bernhard. Sie muß lachen, wenn sie das dicke Baby betrachtet. Das hilft gegen die Langeweile.
Heute ist Mittwoch. Um Viertel nach elf haben sie frei. Nächstes Jahr, wenn sie in die dritte Klasse geht, wird sie erst um zwölf Uhr heimkommen, aber jetzt ist sie schön früh dran.

»Kommst du heute nachmittag?« fragt sie Akke.
»Wenn es meine Mutter erlaubt.«
»Schön, bis heute nachmittag dann. Ich wohnte Virulyplatz 13 A.«
Nun wartet sie auf Akke. In ihrem Zimmer hat sie einen Stapel Bücher zurechtgelegt. Akke darf aussuchen, welches Buch sie lesen will.
Da klingelt es. Sie rennt nach unten, um die Tür aufzumachen.
»Hallo«, sagt sie zu Akke, die auf der Schwelle steht. »Komm nur, wir gehen nach oben. Hier ist mein Zimmer.«
»Schön«, sagt Akke. »Ich schlafe mit meinem Bruder und mit meiner Schwester in einem Zimmer. Wir sind sechs Kinder.«
Sie setzen sich zusammen auf das Bett. Sie lesen von Ot und Sien und Pim und Mien. Es ist wirklich gemütlich. Als sie ein Buch fertig haben, nimmt Akke ein anderes.
»Was ist denn das? Soll ich das lesen?«
Erstaunt betrachtet Akke ein Buch, das sie in der Hand hält.
Sie muß schrecklich über Akke lachen. »Nein, das sind keine niederländischen Buchstaben, das sind hebräische. Jüdische Leute lesen oft hebräisch.«
»Verrückt«, sagt Akke. »Wer liest denn hebräisch?«

»Juden«, sagt sie.
Als sie am nächsten Tag in die Schule kommt, sagt Fräulein Koetsveld: »Und? Hat es geklappt? Habt ihr gestern nachmittag zusammen gelesen?«
»Ja, Fräulein«, sagt Akke.
»Gehst du nächsten Mittwoch wieder zu Rachel?«
»Nein, nie mehr.«
»Nie mehr? Warum nicht?«
»Ich darf keine Judenbücher lesen, hat mein Vater gesagt.«

Verdunkelung

»Nicht erschrecken«, sagt Vater. »Heute abend müssen wir Verdunkeln üben.«
Verdunkeln üben? Rachel versteht gar nichts.
»Heute abend um neun Uhr gehen draußen alle Lichter aus. Aus den Häusern darf nicht mehr der geringste Schimmer kommen. Das ist eine Übung, falls es einen Krieg gibt. An den Lichtern kann der Feind sehen, wo Rotterdam liegt, und das ist sehr gefährlich, sie könnten dann die Stadt bombardieren.«
Sie weiß noch immer nicht, was sie davon halten

soll, aber schlimm ist es schon. Das sieht sie an Vaters Gesicht.

Den ganzen Tag weiß sie, daß abends etwas Unangenehmes passieren wird. Sie fühlt es ständig, sogar als sie mit ihren Puppen spielt. Den ganzen Tag ist es da, das unangenehme Gefühl.

»Darf ich aufbleiben?« fragt Esther, als es fast halb acht ist.

»Aber nein«, sagt Mutter. »Morgen mußt du wieder in den Kindergarten. Dann mußt du gut ausgeschlafen sein. Noch schnell einen Apfel essen und dann eins, zwei, drei ins Bett.«

Wie kann Mutter nur so fröhlich sein? denkt sie.

Vater ist nicht fröhlich. »Heute abend ist die Generalprobe«, sagt er immer wieder, und dann seufzt er.

Sie weiß nicht, was General ist. Sie weiß nicht, was Probe ist, aber schlimm ist das alles schon. Das hört sie an Vaters Stimme.

Um halb acht bringen Vater und Mutter Esther und sie ins Bett.

»Gute Nacht«, sagt Vater. »Ganz lieb einschlafen. Träum was Schönes.«

»Ich will nicht schlafen«, mault sie.

»Mund zu – und denk daran: kein Licht anmachen. Heute abend müssen wir verdunkeln.«

Mit offenen Augen liegt sie im Bett. Durch die geschlossenen Gardinen sieht sie das Licht der Straßenlaternen. Gleich werden die Laternen kein Licht mehr geben, und dann wird sie allein im Dunkeln liegen. Sie steckt den Kopf unter die Decke. Da ist es schon dunkel. Dann wird sie nicht merken, wenn das Licht draußen ausgeht.
Es wird stickig unter der Decke. Sie legt sich wieder normal hin, genau wie sonst, aber sie kann nicht schlafen. Immer wieder macht sie die Augen auf und schaut, ob es draußen schon dunkel ist.
Plötzlich ist es soweit. Es gibt kein Licht mehr, nirgendwo.
Gleich kommen die Trolle und die Werwölfe und die bösen Zwerge und zerren sie aus dem Bett. Sie wird ganz naß vor Schweiß, genau wie vor ein paar Monaten, als sie Fieber hatte.
Sie steigt aus dem Bett. Sie will nach unten, zu Papa und Mama.
Vorsichtig geht sie die Treppe hinunter. Das Licht darf sie nicht anmachen. Das weiß sie. Der Feind darf nicht wissen, wo Menschen wohnen.
Jetzt ist sie an der Wohnzimmertür. Nur noch einen Moment, dann kann sie sich auf Papas oder Mamas Schoß setzen. Ganz leise macht sie die Tür auf. Niemand ist in dem dunklen Wohnzimmer. Papa und Mama sind weg! Wieso sind sie weg? Sie

haben doch von dem General und von der Probe gewußt?
»Wie schrecklich dunkel es draußen ist. Ich hoffe nur, daß das nie Wirklichkeit wird.«
Das ist Papas Stimme. Papa und Mama sind draußen! In ihrem Nachthemd rennt sie auf die Straße.
»Wo seid ihr?« ruft sie.
Sie fühlt Mamas Arme um sich.
»Was ist los, Kind?«
»Du darfst mich nicht allein lassen. Es ist so dunkel.«
»Dummes Mädchen, wir lassen dich doch nicht allein.«
»Auch nicht, wenn der Feind kommt?«
»Auch nicht, wenn der Feind kommt.«
»Kommt der Feind?«
»Geh schlafen. Ich bring' dich ins Bett.«

Die Fahne hoch

Sie stehen mitten unter vielen Menschen auf dem Beukelsdeich. Soldaten in unbekannten Uniformen laufen mit gestreckten Beinen über die Straße.
Sie schwingen ihre Beine hoch, und sie singen: »Die Fahne hoch.«

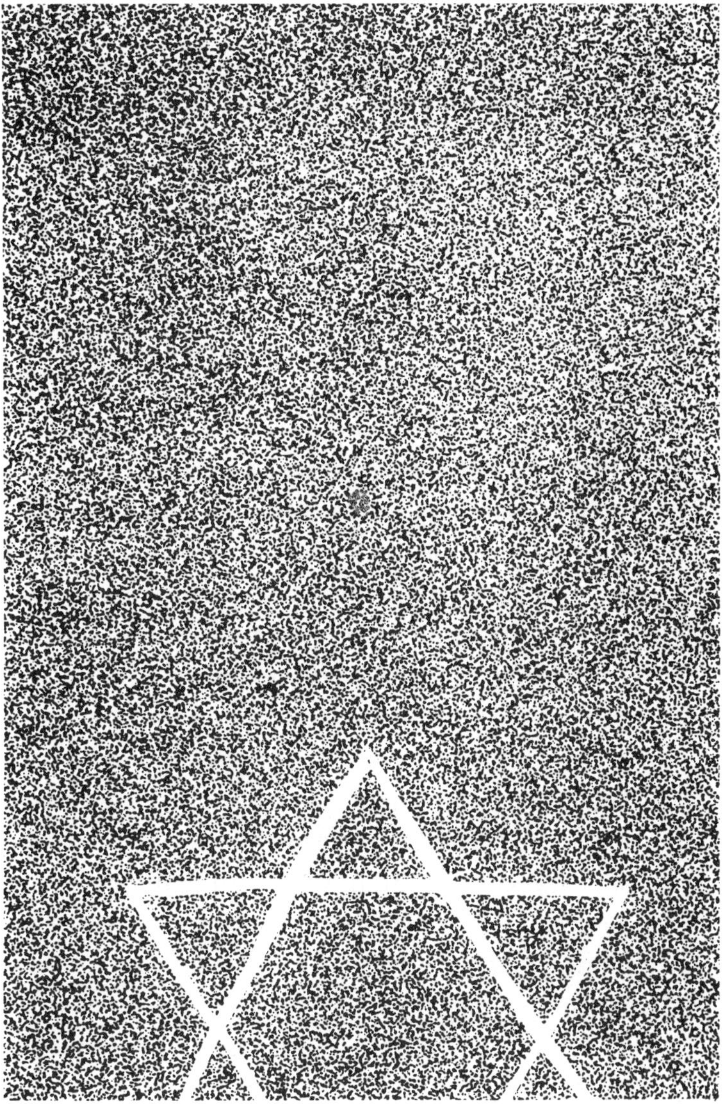

Es hört sich schön an. Jedenfalls ist es besser als das Geräusch von Flugzeugen und Bomben und Sirenen. Jetzt ist es still am Himmel. Es fallen keine Bomben mehr.
»Die Niederlande haben kapituliert. Wir haben uns den Deutschen übergeben«, sagt Vater, und er sieht sehr traurig aus. »Dieses Marschieren ist erst der Anfang.«
Immer voller wird die Straße. Immer mehr Leute kommen und schauen zu.
Sie stehen mit ernsten Gesichtern am Straßenrand. Sie rühren sich nicht. Die Soldaten winken. Manchmal winkt jemand zurück. Ganz deutlich hört man, daß die deutschen Soldaten Eisenbeschläge unter ihren Stiefeln haben. Jedesmal, wenn sie den Boden berühren, hört man das Geräusch von Metall auf Stein. Sehr eklig klingt das.
Zwischen den Leuten steht ein Mann, der laut anfängt zu schreien: »Saukerle«, ruft er. »Ihr habt das Herz der Stadt verbrannt. Alles ist weg durch eure Bomben. Die Hoogstraße, die Kipstraße, der Große Markt, alles brennt. Ich bin heute morgen da gewesen. Ich habe es gesehen. Ihr habt Rotterdam ermordet!«
Der Mann weint.
»Pst!« rufen die Leute, die um ihn stehen. »Nicht so laut. Sie hören dich doch!«

»Sie hören mich? Natürlich hören sie mich. Sie sollen mich ja hören!«
Er weint noch lauter. Er hört nicht auf damit.
So etwas hat sie noch nie erlebt. Sie ist schon acht Jahre alt, aber noch nie in ihrem Leben hat sie jemanden einfach auf der Straße so laut weinen gehört.
Esther, die erst fünf ist, bekommt Angst. Sie zieht Vater an seinem Oberhemd.
»Ich will zu Mama«, sagt sie.
»Wir gehen gleich«, antwortet Vater. »Keine Angst. Diese Deutschen tun nichts. Die haben keine Bomben.«
»Ich will auch weg«, sagt sie. »Ich hab' genug von all diesen Soldaten.«
»Warte ein bißchen, Rachel, wir gehen gleich.«
Die Soldaten singen und marschieren weiter. Hinter ihnen schreit jemand: »Kommt heim! David, Esther, Rachel! Die bringen uns um!«
Dort steht Mutter. Sie hat ihre Schürze um. Sie hat ihre Haare nicht gekämmt, und ihre Augen sind weit aufgerissen.
So hat sie Mutter noch nie gesehen. Sie kann nicht mehr verstehen, was Mama ruft. Sie hört sie nur laut schreien, über das Geräusch der Stiefel hinweg.

»Hör auf! Komm zu Vernunft«, ruft Vater und packt Mutter an den Schultern. »Hör auf!«

»Sie singen ›Die Fahne hoch‹!« schreit Mutter. »Sie singen ein Nazi-Lied.«

»Sei still. Sie tun uns nichts.« Vater hat die Arme um Mutter gelegt. Er drückt sie an sich. »Sei still, sei still.«

Die Stiefel stampfen weiter.

»›Die Reihen fest geschlossen‹ singen sie«, schreit Mutter. »Sie werden alle Juden ermorden.«

»Uns tun sie nichts«, tröstet Vater sie.

»Das haben Onkel Erich und Onkel Joseph auch gedacht, 1938. Bis tausend Steine durchs Ladenfenster flogen und sie nach Holland fliehen mußten.«

»Das war in Deutschland. In den Niederlanden passiert so etwas nicht.«

Mutter weint immer noch. Leute kommen näher und stellen sich um sie herum.

»Kommen Sie«, sagt ein Herr. »Ich gebe ihr ein paar Beruhigungspillen aus meiner Apotheke.«

Sie gehen irgendwo hinein. Der Apotheker geht zu einer großen Flasche, die voller Pillen ist. Er schüttelt zwei Pillen aus der Flasche in seine Hand.

»Nehmen Sie die ruhig«, sagt er zu Mutter. »Ich hole Ihnen schnell ein Glas Wasser.«

Mutter schaut nicht auf die Pillen.

»Los«, drängt der Apotheker. »Sie sind harmlos. Man stirbt nicht an ihnen.«
»Nein?«
»Nein.«
»Schade«, sagt Mutter.

Schielendes Huhn ohne Kopf

»Rachel, kommst du? Wir gehen!«
Unten an der Treppe steht Leo. Leo ist ihr Cousin, und er hat versprochen, sie abzuholen, weil sie es schwierig findet, zum erstenmal in eine neue Schule zu gehen.
Sie wohnen jetzt in Rijswijk, ganz in der Nähe von Leo und Bob und Onkel Jakob und Tante Sari. Mama will nicht mehr in Rotterdam wohnen, jetzt, wo ein großer Teil der Stadt von den Deutschen zerbombt worden ist.
»Ich halte es nicht aus«, hat Mama sehr oft gesagt. »All die zerstörten Häuser, wo vor kurzem noch Menschen drin gelebt haben. All die schwarz verbrannten Bäume, es tut mir so weh. Ich will umziehen, nach Rijswijk. Ganz nah bei meinem Bruder will ich wohnen.«
Darum muß sie heute in eine neue Schule, und

darum steht Leo unten an der Treppe und ruft. Sie hat ein bißchen Angst vor Leo. Er ist ein Jahr älter als sie. Er ist stark und dick, und er ärgert andere gern. Damals, als sie eine Brille tragen mußte, hat er sie immer damit aufgezogen. »Schielendes Huhn ohne Kopf«, hat er oft gerufen, und sie hat Angst, daß er das jetzt wieder tut.
In eine neue Schule müssen und vielleicht ausgelacht werden, das ist alles gar nicht so leicht.
»Ich komme!« ruft sie Leo zu. »Auf Wiedersehen, Mama, ich geh' jetzt.«
»Auf Wiedersehen, Rachel. Viel Spaß und bis bald, und mach's gut!«
»Ja. Bis später, Mama.«
Als sie fast an der Schule sind, bleibt sie kurz stehen.
»Weitergehen.« Leo gibt ihr einen Schubs in den Rücken. »Sonst kommen wir zu spät.«
Auf dem Schulplatz spielen Kinder. Sie rennen durcheinander.
»Du bist dran!« ruft ein großer Junge und tippt Leo auf die Schulter.
»Ich mach' nicht mit, Jan«, sagt Leo. »Ich bleibe bei meiner Cousine. Sie ist neu, und sie kommt aus Rotterdam.«
»Aus Rotterdam?« fragt der Junge. »Hast du was von den Bomben abgekriegt?«

»Nein«, will sie sagen, aber Leo kommt ihr zuvor.
»Na, und ob!« sagt er. »Siehst du ihr eines Auge?«
Jetzt passiert es, denkt sie. Jetzt sagt er gleich schielendes Huhn ohne Kopf zu mir.
»Ihr eines Auge«, fährt Leo fort. »Weißt du, woher es kommt, daß es ein bißchen in die Ecke gerutscht ist?«
»Woher denn?«
»Das kommt von der Bombardierung. Eine Bombe hat so viel Luftdruck, daß einem davon die Augen verrutschen können.«
»Jungens!« ruft Jan. »Alle mal herkommen! Das ist die Cousine von Leo. Sie ist neu, und sie darf sofort Mitglied von unserem Geheimclub werden, denn sie hat was Großartiges erlebt. Sie hat was ganz Besonderes. Guckt euch mal ihr eines Auge an. Das schielt, seit Rotterdam bombardiert wurde.«
Die vielen Kinder machen sie so verlegen, daß sie am liebsten nach Hause rennen würde, aber Leo flüstert ihr etwas ins Ohr: »Hab' ich das nicht gut gemacht? Schielendes Huhn ohne Kopf!«

Abzählreim

Es pifft, pafft, pufft,
Hitler ist ein Schuft,
Hitler ist ein böser Mann –
Und du bist dran.

Das ist der neue Abzählreim, den sie gerade gelernt hat. Niemand weiß, wo er hergekommen ist, aber sie findet ihn schön. Sie singt ihn jeden Tag, wenn sie mit anderen jüdischen Kindern Verstecken spielt.
Sie haben abgemacht, daß sie den Reim nur sagen, wenn keine Fremden in der Nähe sind. Angenommen, daß ein N.S.B.ler* ihn hören würde. Der würde vielleicht sehr böse werden und es den Deutschen erzählen. »Dort spielen Judenkinder«, würde er sagen. »Sie schimpfen über Hitler.«
An diesem Mittwochnachmittag sind keine Fremden in der Nähe. Nun können sie ihren Hitler-Abzählvers verwenden.
»Es pifft, pafft, pufft«, schreien sie. »Hitler ist ein Schuft.«
Vielleicht hilft es, wenn man schreit. Vielleicht stirbt Hitler dann wirklich.

* Mitglied der niederländischen Nazi-Partei.

»Vergiß nicht: Wenn jemand in die Nähe kommt, den wir nicht kennen, machen wir ›Ich und du, Müllers Kuh‹ wie früher«, sagt Herman.
Herman ist ein Nachbarjunge, er ist auch jüdisch.
»Es pifft, pafft, pufft, Hitler ist ein Schuft. Du bist dran.«
»Aufpassen!« ruft Herman. »Da kommt Hilde!«
Hildes Vater ist ein N.S.B.ler. Man kann nie wissen, was sie tun wird.
»Tag, darf ich mitspielen?«
Sie schauen einander an. Niemand sagt etwas.
»Ihr spielt so schön. Ich mach' mit.«
»Ich und du, Müllers Kuh«, singen sie.
»Nein«, sagt Hilde. »Den anderen Reim. Den mit pifft, pafft, pufft.«
»Also dann los«, sagt Herman seufzend. »Wir werden sehen, was passiert.«
Hilde singt genauso laut wie sie.
»Hitler ist ein Schuft!«
Eigentlich verrückt, denkt sie. Verrückt, daß Hilde mitmacht. Vielleicht hält sie Hitler auch für einen Schuft.

»Hilde, was machst du da?«
Neben Hilde steht eine Frau. Sie hat ein strenges

Gesicht, und wenn man etwas tiefer als das Gesicht schaut, zum Kragen von ihrem Mantel, sieht man, daß sie eine Brosche trägt. Eine dreieckige Nadel mit einem Löwen, und um den Löwen herum stehen die drei Buchstaben N.S.B.
»Hilde, gib Antwort. Was tust du da?«
»Ich tu' nichts, Oma. Ich spiele.«
»Nach Hause«, schreit die Oma. »Meine Enkelin beleidigt den Führer, zusammen mit Judenkindern. Eine Schande ist das, ich werde es deinen Eltern erzählen.«
Hilde will nicht weg, aber ihre Großmutter ist stark. Sie zieht sie am Arm mit.
»Los, beeil dich. Nach Hause, sag ich dir!«
Sie spielen weiter:

Ich und du,
Müllers Kuh,
Müllers Esel,
der bist du.

Versteckspiel

Zur Zeit spielt sie gern draußen. So kann sie manchmal über früher reden, als sie noch mit nichtjüdischen Kindern in der Klasse sein durfte.

Jude

Jetzt geht das nicht mehr. Die Deutschen haben mitten in Den Haag, in der Bezemstraße, eine Schule angewiesen, in die jüdische Kinder gehen müssen. Wenn sie draußen spielt, hört sie, was die nichtjüdischen Kinder aus ihrer früheren Klasse gemacht haben.

»Wir haben eine Arbeit in Geschichte geschrieben«, sagt Johan. »Ich habe eine Vier*.«

»Rechnen ist schwer, sag' ich dir! Wir müssen Brüche lernen«, mault Martin.

»Brüche? Was ist das?« fragt sie. »Müßt ihr irgendwas brechen?«

»Zu schwer zu erklären. Ich kapiere es selbst nicht«, sagt Marieke.

Manchmal vergessen die nichtjüdischen Kinder, daß sie nicht in der Schule war. Sie sagen Dinge zueinander, die sie nicht versteht.

»Blöd, was, daß wir heute in Turnen nicht ›Reise um die Welt‹ spielen durften. Fräulein Terlet hatte schlechte Laune!« klagt Klaartje. »Ein bißchen war es aber auch unsere eigene Schuld.«

»Das stimmt.«

Wovon reden sie nur? denkt sie. Na ja, ich frage lieber nichts.

* In den Niederlanden gibt es die Noten eins bis zehn. Zehn ist die beste Note, fünf ist knapp ungenügend.

»Wir wollen Verstecken spielen. Rachel, du bist dran!«
Sie legt die Hände vor die Augen. »Sieben, acht, neun, zehn! Wer nicht weg ist, wird gesehn. Ich komme!«
Sie schaut die leere Straße entlang. Nirgends sieht sie ein Kind. Jetzt muß sie suchen.
Sie schaut hinter das Mäuerchen. Sie schaut unter die Bank, sie schaut hinter den Baum.
»Sie haben sich gut versteckt«, denkt sie.
In der Ferne lacht ein Kind. So lacht Marieke.
Sie läuft in die Richtung des Parks. Das Lachen wird deutlicher.
»Pst, da kommt sie«, hört sie jemanden sagen.
Sie läuft ein paar Schritte in den Park hinein. Dort werden sie wohl sitzen, hinter der dicken Eiche. Auf einmal sieht sie das weiße Schild mit den schwarzen Buchstaben, das Schild, das sie schon so oft gesehen hat.
FÜR JUDEN VERBOTEN steht darauf.
Sie kann nicht mehr mitmachen. Verstecken spielen darf sie nicht mehr, von den Moffen* aus. Nur nichtjüdische Kinder dürfen das.
Sie rennt aus dem Park. Sie wird nach Hause gehen und lesen. Das darf sie.

* Mof, Moffen = Schimpfname für Deutsche.

»Eins, zwei, drei, und ich bin frei!« ruft Johan. »Eins, zwei, drei, und ich bin frei!« ruft Marieke.

Für Sie auch einen Stern, mein Herr?

Heute muß sie zum erstenmal mit einem gelben Stern auf dem Mantel in die Schule, mit einem großen gelben Stern. In der Mitte steht das Wort JUDE, so daß jeder sehen kann, daß sie jüdisch ist.
Die Moffen haben das angeordnet, und sie findet es schrecklich.
Gestern abend hat Mutter nichts anderes getan, als Sterne aufzunähen.
»Ich sehe Sternchen«, hat Mutter gesagt, und sie mußten darüber sogar noch lachen...
»Ich bringe euch zur Straßenbahn«, sagt Vater. »Los, beeilt euch, sonst kommt ihr zu spät zur Schule.«
Sie ziehen ihre Mäntel an. Wie groß der Stern ist. Der von Esther ist noch viel größer als der ihre.
»Das täuscht«, erklärt Vater. »Esther hat so einen kleinen Körper. Darum sieht es aus, als wäre ihr Stern größer.«

Als sie an der Straßenbahnhaltestelle ankommen, sehen sie viele andere Menschen mit Sternen, große und kleine Menschen.
»Alles Juden«, sagt ein alter Mann. »Gestern wußte ich noch nicht, daß es Juden sind, auch wenn ich es mir gedacht habe.«
»Du mußt die Schultasche ganz normal unter dem Arm tragen, nicht vor den Stern halten.«
Sie wird rot. Vater hat gesehen, daß sie versuchte, ihren Stern zu verstecken.
»Es ist schwer, aber wenn du den Stern jetzt nicht versteckst, bist du schneller drüber weg. Wenn der Krieg vorbei ist, machen wir ein großes Feuer, und dann werfen wir alle Sterne von der ganzen Welt rein.«
»Das wird schön stinken«, sagt sie.
»Er stinkt jetzt auch«, sagt Leo. »Ich habe es gerochen, als ich meinen Mantel angezogen habe.«
»Kinder, da kommt die Straßenbahn«, ruft Vater.
Jetzt passiert es. Jetzt muß sie zum erstenmal mit dem abscheulichen Stern in die Straßenbahn.
»Einsteigen«, ruft der Straßenbahnfahrer. »Jetzt wird es wirklich Frühling in meiner Straßenbahn. Alle Kinder mit einer gelben Narzisse auf den Mänteln. Ich wollte, ich hätte auch eine.«
Als sie alle drin sind, fangen eine Menge Leute an

Der Judenstern

Der Judenstern muß nicht allein auf Mantel oder Überzieher befestigt sein, sondern auch auf dem Kleid oder dem Jackett, damit er sichtbar ist, auch wenn Mantel oder Überzieher offen getragen werden.

Der Judenstern

Es wird darauf hingewiesen, daß der Judenstern entsprechend der diesbezüglichen Verordnung auf das Kleidungsstück *genäht* werden muß.

Eine Befestigung mit Nadeln oder dergleichen ist nicht ausreichend und wird bestraft.

zu klatschen, genau wie am Schluß einer Theatervorstellung. Sie versteht das nicht.
Ein Herr stößt sie an. »Verbeugt euch. Das ist für euch, für eure Sterne.«
Sie wagt nicht, sich zu bewegen. Was heißt das? Klatschen die Leute wegen des großen, gelben Sterns?
Sie schauen einander an.
»Sie klatschen wegen uns!« ruft Leo und fängt an, sich zu verbeugen. »Vielen Dank, Leute. Ich danke Ihnen!«
Ein paar Leute klatschen nicht mehr. Sie schauen vor sich hin. Leo geht auf jemanden zu. »Meine Dame, wollen Sie auch einen Stern? Morgen werde ich einen für Sie mitbringen. Für Sie auch einen Stern, mein Herr?«
»Hau ab, Judenjunge«, sagt der Mann.
Und zu der Frau, die neben ihm sitzt, sagt er: »Sie sind nicht kleinzukriegen. Die großen Juden nicht, und die kleinen Juden auch nicht.«

Fahrräder

Wie hat sie sich gefreut, als sie an ihrem Geburtstag ein neues Fahrrad bekam. Ein richtiges Fahrrad mit weißen Reifen und viel glänzendem Chrom.
Am Anfang stieg sie dauernd ab und schaute nach, ob Schmutz an den Lack gekommen war. Wenn sie auch nur einen Dreckspritzer sah, nahm sie ihr Taschentuch und tat ein bißchen Spucke darauf. Dann fing sie an zu putzen.
Sie freut sich auch jetzt noch ein bißchen über das Fahrrad, aber nicht mehr so sehr. Sie muß es abliefern. Nächste Woche müssen alle Fahrräder zum Polizeirevier gebracht werden. Kein einziger Jude darf dann noch ein Fahrrad haben.
Sie findet es schrecklich, und oft muß sie an das Moffenkind denken, das mit ihrem Rad fahren wird. Sie wird dann immer sehr traurig, und sie gibt sich große Mühe, an etwas anderes zu denken.
»Morgen ist es soweit«, sagt Vater. »Nimm den Korb von deinem Rad. Den brauchen sie nicht auch noch zu kriegen.«
»Soll ich nicht mit, David?« fragt Mutter.
»Ach nein. Ich kann schon mit zwei Rädern gleichzeitig fahren, und vielleicht will Rachel ihr Rad selbst wegbringen.«
»Ja, Papa, wir gehen zusammen«, sagt sie.

Jetzt stehen sie vor der Tür ihres Hauses. Vater hält mit jeder Hand ein Fahrrad.
»Komm, wir gehen«, sagt er.
Er steigt auf sein Rad. Er fährt mit einer Hand, mit der anderen lenkt er Mutters Rad. »Komm schon!« ruft er.
Sie steigt auf. Sie können nicht nebeneinander fahren. Das ist viel zu gefährlich. Drei Räder nebeneinander ist zuviel.
Als sie am Polizeibüro angekommen sind, sehen sie dort viele andere Leute mit ihren Rädern. Sie stellen sich in einer Reihe auf. Ein Polizist kommt an die Türöffnung. Er hat ein rotes Gesicht und sehr blaue Augen.
»Der nächste!« ruft er.
»Papa, das ist kein Mof«, sagt sie.
»Nein, Schatz, das ist ein Niederländer. Er hilft den Deutschen.«
Nach einer Viertelstunde sind sie an der Reihe.
»In diese Richtung«, sagt der Niederländer.
»Muß ich die Räder selbst hinauftragen?« fragt Vater.
»Ja, Jude, zwei Treppen hoch«, antwortet der Polizist.
»Elender Kerl«, flüstert Vater.
»Haben Sie was gesagt?«
»Nein.«

»Rachel, behalte dein Rad noch kurz. Ich bringe erst die großen Räder hinauf und dann deines.«
Zuerst nimmt der Vater Mutters Rad. Als er nach ein paar Minuten wieder herunterkommt, geht sein Atem schnell.
»Willst du nicht lieber draußen warten?« fragt er.
»Nein, Papa, ich bleib' lieber hier.«
Als Vater auch sein eigenes Rad nach oben gebracht hat, ist ihr Rad dran.
»Gib her«, sagt Vater. »Es ist nicht zu ändern. Es geht nicht anders.«
Sie streichelt über den braunen Sattel.
»Leb wohl, Fahrrad!« ruft sie. »Auf Wiedersehen, Fahrrad!«
Vater ist jetzt auf der zweiten Treppe. Das kann sie hören. Sie sieht ihn nicht mehr. Eigentlich sieht sie gar nichts, denn aus ihren Augen laufen Tränen. Aus ihrer Nase kommen auch Tränen. Gemein ist das, gemein! Häßliche Fahrraddiebe sind sie.
Oben ist plötzlich ein schrecklicher Krach. Es hört sich an wie Gewitter.
»Ich kann nichts dafür«, hört sie Vater rufen. »Ich bin gestolpert.«
Sie rennt die Treppe hinauf. Oben, in einem Gang, liegt ihr Fahrrad. Die Räder drehen sich in der Luft. Sie sind nicht mehr rund.

»Mach, daß du wegkommst«, sagt ein Polizist. »Und nimm deine Tochter mit!«
Sie rennen die Treppe hinunter.
»Das war was«, sagt Vater, als sie draußen stehen.
»Bist du gestolpert?«
»Aber nein, Kind. Ich bin plötzlich so schrecklich böse geworden, daß man dir dein Fahrrad wegnimmt. Da konnte ich nicht anders, als es runterzuwerfen.«
»Du bist ein Held«, ruft sie.
»Oh, oh, oh!« Vater lacht ein bißchen. »Dein Rad ist beinahe auf einen Polizisten gefallen. Schade, daß er es nicht auf seinen dicken Kopf gekriegt hat.«

Bauchweh in der Nacht

»Rachel!«
Sie zieht die Decke über den Kopf. Sie schläft so schön. Sie will nicht aufstehen.
»Rachel!« Mutter zieht die Decke weg. »Ich brauch' dich. Papa ist krank.«
Im nächsten Augenblick steht sie auch schon neben ihrem Bett und geht mit Mutter ins Schlafzimmer.

Im großen Bett liegt Vater. Er zieht ein seltsames Gesicht, und er strampelt mit den Beinen.
»Ich halte es nicht mehr aus«, stöhnt er. »Ich habe so Bauchweh. Ich glaube, ich habe etwas Schlimmes.«
»Soll ich dir eine Wärmflasche machen?«
»Nein, laß nur. Du mußt einen Doktor holen.«
»David, ich darf doch nicht hinaus. Die Moffen haben uns verboten, zwischen acht Uhr abends und sechs Uhr früh unsere Wohnung zu verlassen. Das weißt du doch, oder hast du es vergessen vor lauter Schmerzen?«
»Ich sterbe!« flüstert Vater.
»Stirbt Papa wirklich, Mama?«
»Aber nein, Kind, Vater ist ein bißchen wehleidig.«
Vater liegt nun ganz still. Er sieht sehr weiß aus und atmet schnell.
»Einen Doktor, Ruth ... einen Doktor ...«
Sie schaut Papa an. Sie weiß genau, daß er heute nacht stirbt, und dann hat sie keinen Vater mehr.
»Ich mache das Fenster auf«, sagt Mama. »Vielleicht kommt jemand vorbei, der für uns einen Arzt holt.«
Mutter schiebt das Fenster hoch. Sie lehnt sich sehr weit hinaus. »Da geht jemand«, sagt sie. »Eine Frau. Vielleicht kommt sie näher. Ja, da ist sie. Jetzt

Wichtig

Im Zusammenhang mit der Bestimmung über die nächtliche Ausgangssperre, derzufolge man sich zwischen 20 und 6 Uhr in seiner eigenen Wohnung aufhalten muß, wird darauf hingewiesen, daß es nicht zulässig ist, sich aus dem Fenster zu lehnen oder sich auf Balkons und in Gärten aufzuhalten, soweit diese zur Straße führen; die eben genannte Bestimmung gilt nicht für die Rückseite des Hauses. Vor offenen Fenstern muß der Stern getragen werden.

rufe ich sie. Hallo! Hallo! Ja, hier oben stehe ich. Würden Sie mich kurz anhören? Mein Mann ist sehr krank. Könnten Sie einem Arzt Bescheid sagen?«
»Natürlich«, ruft die Frau. »Welcher Doktor soll es sein?«
»Wissen Sie, ich würde ja gern selbst gehen, aber wir dürfen nicht hinaus.«
»Sie dürfen nicht hinaus? Warum nicht?«
»Wir sind Juden, und Juden müssen von abends acht Uhr bis zum nächsten Morgen um sechs im Haus bleiben!«
Die Frau schaut auf ihre Uhr.
»In zwei Stunden ist es sechs Uhr«, sagt sie. »Dann können Sie selbst dem Arzt Bescheid sagen.«

Geburtstag

»Esther, die grüne Girlande muß dorthin, über die Lampe.«
Zusammen schmücken sie das Wohnzimmer, denn morgen hat Mama Geburtstag. Wenn jemand Geburtstag hat, muß man schmücken. Krieg hin, Krieg her.
Tagelang haben sie darüber nachgedacht, was sie

Mutter schenken können, und heute nachmittag haben sie sich auf den Weg gemacht, um etwas zu kaufen.
Lieber wären sie morgens gegangen, aber das ist nicht erlaubt. Juden dürfen erst um drei Uhr einkaufen, und selbst dann nicht so lange, wie sie wollen. Ob sie fertig sind oder nicht, um fünf Uhr müssen sie aus dem Laden.
Punkt drei Uhr sind sie in den Laden hineingegangen, wo man alles mögliche kaufen kann. Porzellangeschirr und Gießkannen für Blumentöpfe und noch vieles mehr.
»Die Tasse gefällt mir. Sollen wir die für Mama kaufen, Rachel?« hat Esther zu ihr gesagt. »Was steht drauf, Rachel?«
Esther kann noch nicht lesen, und darum hat sie ihr vorgelesen, was auf der Tasse steht. »*Für meine liebe Mama* steht drauf, Esther«, hat sie gesagt.
»Gut, wir kaufen sie. Wieviel kostet sie?«
»Einen Gulden dreißig«, hat das Fräulein geantwortet, und dabei hat sie ganz schnell auf den Stern auf ihren Mänteln geschaut.
Sie fand das Fräulein nett, denn sie ist sicher, daß sie nur wegen der Sterne einen Gulden dreißig gesagt hat. Die Tasse ist bestimmt viel teurer.
Sie sind fertig mit Schmücken. Sie nimmt ein Stück

Seife, und mit schönen Buchstaben schreibt sie auf den Spiegel: *Hurra, Mama hat Geburtstag.*

Morgen wird gefeiert, auch wenn es anders sein wird als im vorigen Jahr. Tante Esther und Onkel Max werden nicht dabeisein, und Mirjam und Sally auch nicht. Die sind einfach verschwunden.

»Weg«, sagen Vater und Mutter, und ›weg‹ ist etwas sehr Schlimmes.

Opa und Oma von Mama kommen auch nicht. Sie hätten mit dem Zug reisen müssen, aber das ist auch schon verboten. Juden müssen Deutsche um Erlaubnis fragen, und die sagen alles andere als: »Gut, mein Herr, meine Dame, fahren Sie ruhig.« Für einen Geburtstag geben sie keine Erlaubnis zum Reisen.

Opa und Oma von Papa kommen aber. Die wohnen zum Glück nicht so weit weg. Papa holt sie ab. Opa kann nicht mehr so gut laufen. Er ist schon sehr alt.

Mama hat einen Rührkuchen gebacken, weil Oma Rührkuchen so gern hat. Rührkuchen ist schön weich, und Oma kann nicht mehr so gut kauen.

Am nächsten Morgen sind sie früh wach. Sie gehen ins Schlafzimmer von Papa und Mama.

»Herzlichen Glückwunsch, Mama«, sagt sie.

»Und noch viele Jahre«, sagt Esther. »Hier ist unser Geschenk.«
Mama packt die Tasse aus. »Wie schön«, sagt sie. »So eine Tasse würde ich gern Papas Mutter geben, wenn sie heute nachmittag kommt.«
»Um drei Uhr werden Esther und ich eine für Oma kaufen. Gut, Mama?«
»Gern«, sagt Mama.
Um drei Uhr machen sie sich auf den Weg. Wenn sie zurückkommen, werden Opa und Oma dasein. Vater ist schon weggegangen, um sie abzuholen.
Zu Hause stellen sie die Tasse für Oma auf den Tisch neben den Rührkuchen. Sie können es fast nicht erwarten, bis Papa mit Opa und Oma kommt. Es dauert sehr lange.
»Willst du ein Stückchen Rührkuchen?« fragt Esther.
»Nein, wir warten, bis alle da sind. Dann fängt die richtige Feier an.«
»Hände weg! Nicht am Kuchen pulen!«

Viele Minuten sind vergangen, als sie endlich den Schlüssel im Türschloß hören. Sie rennen zur Treppe, um Opa und Oma zu begrüßen. Sie schreien: »Hach ... seid ihr ...«
Vater ist allein. Ganz langsam kommt er die Treppe herauf.

»Sie sind weg«, sagt er. »Sie sind von den Moffen aus ihrer Wohnung geholt worden. Weg sind sie. Weg!«

Die Bank

Schwimmen darf sie nicht. Nicht etwa, weil sie krank wäre. Aber die Moffen haben es verboten. So geht es einem zur Zeit, wenn man jüdisch ist.
Rollschuhlaufen ist erlaubt, und das tut sie auch. Sie hat die Rollschuhe einfach so bekommen. Sie hatte noch nicht mal Geburtstag, noch nicht, trotzdem hat sie nun acht wunderschön glänzende Räder unter ihren Füßen.
Am Anfang ist sie damit nicht richtig vorwärtsgekommen, aber nun geht es schon viel besser. Ab und zu fährt sie sogar auf einem Bein, und das ist sehr schwierig.
Heute klappt es gut. Bestimmt zwanzigmal fährt sie dasselbe Stück. Ganz in der Nähe von ihrem Haus ist ein Graben, und den Graben entlang führt ein Bürgersteig, der sehr lang ist. Sie braucht dann nicht jedesmal über die Straße zu gehen. Auf den Holpersteinen hat sie immer Angst, daß sie hinfällt.

Als sie eine Weile gelaufen ist, setzt sie sich auf eine Bank. »Ach«, seufzt sie. Sich hinsetzen ist herrlich, wenn man müde ist.
Sie schaut sich um. Es ist schön draußen. Die Blätter an den Bäumen werden ein bißchen gelb. Die Enten, die in diesem Sommer geboren wurden, sind groß geworden. Die wachsen auch, genau wie sie, aber ein bißchen schneller.
»Rachel!«
Sie schaut zur anderen Straßenseite. Tineke hat sie gerufen.
»Hallo!« ruft sie zurück. »Wo gehst du hin?«
Sofort sieht sie, daß sie das eigentlich nicht zu fragen braucht. Tineke hat ein Handtuch unter dem Arm. Sie geht natürlich schwimmen.
»Ins Schwimmbad. Gehst du mit?«
»Ich darf nicht!«
»Vielleicht erlaubt es dir deine Mutter morgen!«
Sie gibt keine Antwort. Tineke braucht nicht zu wissen, daß ihre Mutter es erlaubt, nur die Moffen nicht.
Noch einen Moment bleibt sie auf der Bank sitzen. Dann sieht sie Mutter aus dem Haus kommen, mit einer großen Einkaufstasche am Arm.
»Warte, Mama. Ich gehe mit!« ruft sie.
Sie findet es schön, mit Mama einzukaufen. Eigentlich ist das noch schöner, als draußen zu spielen.

Morgen wird sie wieder Rollschuh laufen, und übermorgen wieder.

Als sie am nächsten Tag fertig ist und hinausgehen will, sagt Mama: »Einen Augenblick noch, Rachel. Ich muß dir etwas sagen. Von heute an dürfen wir nicht mehr draußen auf einer Bank sitzen. Die Moffen haben es verboten. Du weißt, was passieren kann, wenn du es doch tust?«
»Ja, Mama.«
Sie muß seufzen. Es hat sicher wieder in der Zeitung gestanden, die nur für Juden ist. Immer wieder etwas, das man nicht mehr darf. Da kann man nichts machen. Sie wird sich auf den Boden setzen, wenn sie ihre Rollschuhe an- oder ausziehen will. Wenn sie sich doch auf die Bank setzen würde, könnte ihre ganze Familie verhaftet werden, und das will sie nicht.
Genau wie am Tag vorher läuft sie auf dem Bürgersteig den Graben entlang. Es scheint, als wären die jungen Enten schon wieder größer geworden. Sie schwimmen hinter einer großen Ente her. Ob das die Mutter oder der Vater ist? Schau mal dort...
»Au!« ruft sie laut.
Wie es passiert ist, weiß sie nicht, aber sie sitzt einfach auf dem Boden. Ihr Knie tut ihr schrecklich weh. Auf dem Pflaster ist ein kleiner, roter Fleck.

Sitzverbot auf Bänken in Den Haag

Der Vertreter des Judenrats für Amsterdam zu 's Gravenhage hat von der dortigen deutschen Sicherheitspolizei die Mitteilung bekommen, daß die Benutzung öffentlicher Bänke durch Juden nicht zulässig ist, auch wenn diese Bänke sich auf Straßen und Plätzen befinden, also nicht in geschlossenen Parkanlagen.

Wer nach dieser Bekanntgabe auf einer Bank sitzend angetroffen wird, kann sofort verhaftet und mit seiner Familie zur Zwangsarbeit nach Deutschland geschickt werden.

»Mama!« schreit sie. »Mama, ich blute.«
»Komm mal mit«, sagt ein Herr, der alles gesehen hat. »Komm, ich helfe dir.«
Er will sie aufheben.
»So, wir setzen uns kurz auf die Bank, und dann wollen wir mal sehen, was mit deinem Knie ist.«
»Nein, nicht. Nein, nicht!« schreit sie.
»Sei doch nicht so wehleidig. Komm auf die Bank.«
Er will sie auf die Bank setzen, aber sie will nicht. Sie versucht, den Herrn zu beißen. Sie erwischt seine Hand. So fest sie kann, beißt sie in einen Finger.
»Mistgöre«, ruft der Herr und steckt den Finger in den Mund. »So eine dickköpfige Mistgöre!«
Mit großen Schritten geht er weg.
Sie sitzt vor der Bank auf dem Bürgersteig. Sie muß weinen, aber sie ist so froh, daß der große Mann es nicht geschafft hat, sie auf die Bank zu setzen. Das muß man sich mal vorstellen. Es ist einfach nicht erlaubt. Die Moffen haben es verboten.
›Dummkopf!‹ würde sie am liebsten laut rufen. ›Dummkopf, weißt du denn nicht, daß jüdische Kinder nichts dürfen!‹

Der ewige Jude

Seit die Deutschen sie nicht mehr mit der Straßenbahn in die Schule fahren lassen, läuft sie jeden Tag mit einer Gruppe von Kindern von Rijswijk nach Den Haag.

Der Schulweg mit so vielen Kindern ist schön. Sie reden miteinander, sie spielen Fangen, und sie betrachten die Schaufenster auf der Rijswijker Straße. An einem Laden bleiben sie jeden Tag stehen. Es ist ein Geschäft, in dem Pappnasen und Masken verkauft werden. Sie würden gern mal hineingehen, aber das ist nicht erlaubt. Um halb acht und um halb zwei dürfen Juden keine Geschäfte betreten. Auch keinen Laden für Scherzartikel.

Wenn sie an der Feuerwehrkaserne vorbeikommen, bleibt sie immer ein bißchen hinter den anderen Kindern zurück, denn dort gibt es etwas Schreckliches zu sehen. Die Moffen haben ein Plakat aufgehängt, ein ganz unheimliches.

Man sieht den Kopf eines Juden mit ganz gemeinen Augen. Mit einem Mund, aus dem ein einziger Zahn ragt. Auf seiner Stirn ist ein Davidsstern gezeichnet.

In nachgemachten hebräischen Buchstaben steht über dem Kopf *Der ewige Jude*. Und unter dem Bild: *Auch Sie müssen diesen Film sehen!*

Ernste Warnung

Die Vorsitzenden des Judenrats für Amsterdam machen nochmals mit Nachdruck auf die Verpflichtungen von Juden aufmerksam:

1. den Judenstern richtig zu befestigen und sichtbar zu tragen;
2. Anlagen, Plätze und alle für Juden verbotenen Wege nicht zu betreten;
3. keinerlei Verkehrsmittel zu benutzen, ohne vorher die Genehmigung dazu einzuholen;
4. nicht an einem anderen Ort als der auf dem Personalausweis vermerkten Adresse zu wohnen oder zu übernachten.

Verstöße gegen diese Bestimmungen haben in einigen Fällen zu schweren Strafen geführt, auch wenn die Übertretungen ausschließlich auf fahrlässiges Verhalten zurückzuführen waren. Daher erneut diese ernste Warnung.

Sie will diesen abscheulichen Kopf nicht betrachten, aber sie tut es doch. Mit einem Auge. Dann ist es etwas weniger gruselig.
Seit das Bild da hängt, hat sie die Juden oft betrachtet. Niemand hat so ein Gesicht und solche Klauen. Sie selbst auch nicht. Vor dem Spiegel hat sie versucht, so ein Gesicht zu ziehen, aber es ging nicht.
›Der unheimliche Jude‹ nennt sie den Mann auf dem Plakat, aber das erzählt sie niemandem, auch nicht Max, der in der Schule hinter ihr sitzt.
Jedesmal, wenn sie an dem Plakat vorbei muß, würde sie am liebsten mit den Fingernägeln ein kleines bißchen abkratzen, so lange, bis das ganze Bild weg wäre. Dann würden die Moffen sagen: ›Wo ist der ewige Jude geblieben? Wir werden uns darum kümmern, wer ihn beschädigt hat, und dann werden wir diese Person verhaften.‹
Das würden sie auch tun, denn man wird bestraft, wenn man etwas von den Moffen kaputtmacht.

Auf dem Weg zur Schule reden sie heute nicht soviel wie sonst. Es ist schrecklich kalt, und es regnet. Sie hat Mamas Regenschirm mitnehmen dürfen, aber ein Regenschirm hilft nur gegen den Regen, nicht gegen die Kälte.

Sie betrachtet die Straßenbahn, die vorbeifährt. Wie gern würde sie mit der Straßenbahn in die Schule fahren, aber das ist nicht erlaubt. Jüdische Kinder müssen laufen. Jeden Tag wieder.
Der Regen tickt auf den Schirm.
Die Regenbäche laufen auch über das Gesicht des ewigen Juden. Sie schaut mit einem Auge zu dem Juden hin. Es ist, als würde er ihr zurufen: ›Schau, so sehen wir nun aus!‹
Sie geht ganz dicht an dem Plakat vorbei. Plötzlich merkt sie, daß sie es mit dem Regenschirm gestreift hat. An einer der Speichenspitzen hängt ein feuchtes Stück Papier. Sie schaut zu dem Plakat.
Auch Sie müssen diesen Fil... steht darauf.
Der Rest des Satzes hängt am Regenschirm.
Sie macht einen Plan. Wenn sie noch einmal an dem Plakat vorbeigeht und noch einmal mit den Spitzen des Regenschirms gegen den gemeinen Kopf stößt, aber nun mit Absicht?
Sie geht auf Zehenspitzen. So ist der Regenschirm hoch genug, um den Zahn zu erreichen oder die Augen.
Es klappt! Sie hat die Augen getroffen.
Der ewige Jude ist blind geworden. Er kann sie nicht mehr anschauen.
Sie rennt zur Schule.
»Setz dich schnell hin«, sagt Herr Noach. »Wir

achten nicht mehr so genau darauf, ob man pünktlich ist.«
Sie schiebt sich in ihre Bank.
»Ich habe die Moffen geärgert«, flüstert sie Max zu.
»Das können Kinder nicht.«
»Doch, er ist blind geworden, der ewige Jude. Wenn wir heimgehen, werde ich es dir zeigen.«
»Du spinnst«, sagt Max. »Mädchen sagen immer Sachen, die nicht sein können.«

Meister Jakob

»Meister Jakob, Meister Jakob, schläfst du noch?«
»Du mußt einsetzen, Rivkah!« ruft Herr Noach. »Aufpassen, Mädchen.«
Schon oft haben sie versucht, *Meister Jakob* im Kanon zu singen. Wenn man ein Lied singt, bei dem man nicht einsetzen muß, ist es nicht so schwer, zu dritt zu singen; aber einen Kanon zu singen ist sehr schwer.
»Eure Eltern sollen stolz auf eure Sangeskunst sein können, und darum müßt ihr für morgen abend noch tüchtig üben.«

»Ja, Herr Noach«, sagen sie alle drei.
Morgen, am Elternabend, darf sie mit Lex und Rivkah *Meister Jakob* singen.
»Ihr tut doch immer alles zusammen«, hat Herr Noach gesagt. »Jetzt dürft ihr auch zusammen singen. Geht zum Proben ins Lehrerzimmer. Wenn *Meister Jakob* richtig klappt, kommt ihr zurück in die Klasse. Dann hören wir es uns an.«
Und es geht gut! Sie haben schrecklich gelacht, weil Rivkah immer zu spät einsetzte, aber nun klappt es.
Sie gehen zum Klassenzimmer.
»Kommt nur herein. Wir hören es uns an. Ruhe, Kinder! Rachel und Rivkah und Lex singen jetzt für uns.« Herr Noach tippt mit einem Stock auf den Tisch, der ihm am nächsten steht. »Ruhe! Hier kommt das Trio ›RiLeRa‹. Rivkah, Lex, Rachel.«
»Meister Jakob, Meister Jakob, schläfst du noch …«
Es geht sehr gut. Niemand macht etwas falsch.
»Hervorragend! Applaus!« ruft Herr Noach. »Morgen früh könnt ihr noch einmal üben, aber dann nicht mehr. Sonst wird es zuviel. Und jetzt alle nach Hause, Kinder. Morgen ist auch wieder ein Tag.«

»Wir fangen heute nicht sofort mit dem Unterricht an«, sagt Herr Noach, als sie am nächsten Morgen in der Schule sind. »Es ist etwas Schreckliches passiert. Eine Reihe Kinder sind heute nacht von den Deutschen aus ihren Wohnungen abgeholt worden.«
Sehr still ist es in der Klasse. Die Kinder schauen einander an.
»Du bist nicht abgeholt worden«, sagt Benny zu ihr.
»Nein. Und du auch nicht«, sagt sie zu Benny.
Sie schaut sich um. Die Bank von Lex ist leer. Rivkah ist aber da.
»Wie soll das gehen, heute abend?« fragt sie Herrn Noach.
»Tapfer sein«, sagt Herr Noach. »Juden machen weiter, Kinder, solange sie können. Heute abend hören wir das Duo ›RiRa‹, und sie werden *Meister Jakob* für uns singen.«

Untertauchen

»Das ist Frau Helsloot«, sagt Mutter. »Sie holt euch ab. Ihr taucht unter.«
»Untertauchen?« Sie weiß nicht, was Mutter meint.

Wichtig

Es wird mit Nachdruck darauf hingewiesen, daß Personen, die nach Westerbork* oder nach Vught* kommen, eine Decke und ihren Eßbeutel mitnehmen und immer bei sich tragen müssen, für den Fall, daß ihr weiteres Gepäck nicht rechtzeitig ankommt. Darum wird dringend empfohlen, die Decke nicht am Rucksack zu befestigen, wie es bisher üblich war.

* Von den Deutschen eingerichtete Lager, in denen die Juden zum Abtransport in deutsche oder polnische Konzentrationslager gesammelt wurden.

»Ich gehe nicht mit«, sagt Rachel.
»Schatz, du mußt.«
»Warum haben Papa und du uns nichts davon gesagt? Und was ist das überhaupt: untertauchen?«
»Untertauchen ist: sich verstecken vor den Moffen. Es wird zu gefährlich, hier im Haus zu sitzen und zu warten, bis sie kommen und uns holen. Geht mit. Esther und du, ihr schlaft eine Nacht bei Frau Helsloot. Morgen bringt sie euch in ein Dorf hier in der Nähe. Dort sind Papa und ich dann auch. Komm, Schatz, nimm deinen Roller und geh mit.«
Mutter sagt das auf eine so bestimmte Art, daß sie gehorchen muß.
»Denk an deinen Roller«, sagt Frau Helsloot. »Der ist für Anke. Ihr habt vorläufig sowieso keine Verwendung dafür.«
»Wer ist Anke?«
»Das ist meine kleine Tochter. Du wirst sie sehen, wenn wir zu Hause sind.«
»Wohin gehen wir?« fragt Esther.
»Das kann ich nicht sagen«, sagt Frau Helsloot.
»Stell dir nur mal vor, die Moffen würden uns verhaften und euch fragen, wo ihr hingeht. Es ist wirklich besser, wenn ihr es nicht wißt.«

Sie versteht nichts von dem, was Frau Helsloot sagt. Es kommt auch alles so plötzlich.
»Geht jetzt.« Mutter gibt ihr einen Kuß. »Ich werde Papa Grüße von euch ausrichten. Morgen sehen wir uns wieder.«
Sie gibt Mutter einen Kuß, und dann gehen sie. Esther und sie auf dem Roller, Frau Helsloot geht neben ihnen. Am Haus an der Ecke hängt eine deutsche Fahne. Unter der Fahne sitzen zwei Kinder und essen. Es sind Lotte und Elly. Sie feiern den Geburtstag von Hitler.
»Unser Hitler hat morgen Geburtstag«, hat Lotte gestern gesagt. »Wir essen dann Kuchen, und ihr kriegt nichts.«
»Weitergehen! Nicht umschauen!« ruft Frau Helsloot.
Nach zehn Minuten kommen sie in eine Straße, in der sie noch nie gewesen sind.
»Bleibt mal stehen. Jetzt passiert etwas Wichtiges«, sagt Frau Helsloot. Sie greift in ihre Manteltasche und holt eine Schere heraus. Dann kommt sie auf Esther und sie zu.
Sie fühlt, wie an ihrem Stern gezerrt wird. Sie fühlt, wie Frau Helsloot Fäden durchschneidet.
»Nicht!« ruft sie. »Wir dürfen nicht ohne Stern draußen herumlaufen. Dann werden wir festgenommen.«

Sie will Frau Helsloot zurückhalten, aber die hält ihre Hand fest.
»Rachel, wenn du nicht festgenommen werden willst, mußt du von jetzt ab tun, was ich sage. Von nun an darfst du eben nicht mehr mit einem Stern herumlaufen.«
Frau Helsloot schneidet weiter. Noch ein Ruck, und sie hat den gelben Stoff in der Hand. Sie stehen an einem Gully. Da hinein verschwindet der Stern. Nun ist Esther an der Reihe. Esther findet es nicht schlimm. Sie läßt Frau Helsloot ruhig gewähren.
»Kommt, Kinder, wir gehen weiter.«
Sie steigen wieder auf den Roller. Esther steht vorn, sie hinten.
»Verdammt!« ruft Frau Helsloot und schlägt die Hand vor den Mund. »Schau dir das mal an, Rachel!«
Sie deutet auf ihren Mantel, wo gerade noch der Stern war. »Man kann genau sehen, daß hier der verdammte Stern war. Der Rest von deinem Mantel ist heller blau als dieser Fleck, wo der Stern war. Esther, paß auf, daß dein Kopf vor Rachels Brust bleibt.«
Sie hat Todesangst. Sie fühlt, daß sie Schweißhände hat, und ihr Herz klopft im Hals. Sie will zurück nach Hause, zu Papa und Mama. Sie will überhaupt nicht untertauchen. Angenommen, die Mof-

fen würden kommen und den blauen Fleck sehen.
›Heinz‹, wird der eine Mof zum anderen sagen, ›dieses Mädchen hat ihren Stern abgemacht, und das ist verboten. Wir werden sie verhaften.‹
Als sie eine Viertelstunde gegangen sind, sagt Frau Helsloot: »Wir sind da. Schnell hinein.«
Sie kommen in ein Haus, in dem drei Mädchen und ein Herr am Tisch sitzen.
»Das sind mein Mann und meine Kinder.«
»Guten Tag.« Sie geben dem Mann von Frau Helsloot die Hand.
»Zieh deinen Mantel aus«, sagt der Herr. »Mein Gott, Tine, wie hast du es nur gewagt, dich so mit diesem Mädchen auf der Straße zu zeigen? Sie trägt ja einen Stern, einen blauen.«
»Das weiß ich«, sagte Frau Helsloot zu ihrem Mann. »Es ist zum Glück gutgegangen. Heute abend werde ich versuchen, den blauen Stern zu bleichen. Ich kriege den Abdruck bestimmt raus.«
»Hoffentlich«, sagte Herr Helsloot. »Wollt ihr ein Butterbrot? Herrlich, ein kräftiges braunes Brot mit Speck.«
Speck? Ihr wird schon schlecht, wenn sie nur das Wort hört. Weiß der Herr denn nicht, daß jüdische Kinder keinen Speck essen dürfen?

»Pardon«, sagt Herr Helsloot. »Ich hatte nicht daran gedacht. Ihr eßt ja kein Schweinefleisch.«

Frau Helsloot bringt sie abends ins Bett.
»Schlaft gut«, sagt sie. »Morgen bringe ich euch zu euren Eltern. Wir fahren mit der Straßenbahn nach Delft, und den Rest werdet ihr schon sehen.«
›Wir dürfen nicht in die Straßenbahn, schon lange nicht mehr‹, will sie sagen, aber sie seufzt und hält den Mund. Sie ist so schrecklich müde von allem.
»Jetzt werde ich versuchen, ob ich deinen Mantel bleichen kann. Dann hast du morgen, wenn wir weggehen, keinen Stern mehr drauf – keinen gelben und keinen blauen. Gute Nacht.«
Sie bekommen beide einen Kuß von Frau Helsloot.
Das ist lieb, denkt sie.
Sie drängen sich dicht aneinander. Es ist doch schön, zusammen in einem Bett. Zu Hause schlafen sie getrennt.
»Wo sind wir jetzt?« flüstert Esther.
»Wart mal«, flüstert sie zurück. »Ich geh mal schnell schauen.«
Sie steigt ganz leise aus dem Bett. Sie schiebt den Vorhang weg. Auf der anderen Seite ist ein Schild, auf dem der Straßenname steht.

»All... ar... Ich kann es nicht richtig lesen.«
»Wart mal, ich mache Licht an«, sagt Esther und zieht an einer Schnur, die über dem Bett hängt.
»Nicht! Das dürft ihr nie mehr tun. Wenn man untergetaucht ist, darf man nie das Licht anmachen, wenn die Vorhänge offen sind. Die Vorhänge dürfen nicht einmal beiseite gezogen werden, denn niemand darf euch sehen!«
Im Zimmer steht Frau Helsloot.
»Ihr müßt euch daran gewöhnen, auch wenn es schwer ist. Also keine Dummheiten mehr machen, nein?«
»Nein, Frau Helsloot«, sagen sie gleichzeitig.
»Es geht schwer mit deinem Mantel, aber es wird schon klappen.«
»Und wenn es nicht klappt?«
»Dann mußt du den Mantel so anziehen, wie er ist. Du hältst dann einfach ein Buch vor die Stelle, an der dein Stern war.«
Sie kann nicht schlafen. Neben ihr atmet Esther ganz ruhig. Sie schläft schon.
Sie denkt an morgen. Vielleicht muß sie hinaus, ohne Stern und doch mit einem Stern. Wie schwierig jetzt alles ist.
Ganz leise geht die Tür auf.
Vor dem Bett steht Frau Helsloot.
»Es hat geklappt«, flüstert sie. »Niemand sieht

mehr, daß du einen Stern auf dem Mantel gehabt hast. Jetzt schlaf schön. Gute Nacht.«
»Gute Nacht, Frau Helsloot«, seufzt sie. »Und schöne Grüße an Ihren Mann.«

Gar nicht anders

Die zweite Untertauchnacht ist vorbei.
Wie waren sie froh, als sie gestern Vater und Mutter wiedersahen!
Es ist gut, bei den eigenen Eltern zu schlafen, auch wenn es nicht zu Hause ist, sondern in irgendeinem fremden Haus, in einem Pfarrhaus in Schipluiden.
Frau Helsloot hat sie gebracht.
»Das ist der Herr Pfarrer«, hat sie gesagt. »Gebt ihm die Hand.«
»Guten Tag, Herr Pfarrer«, haben sie zu einem Mann in einem schwarzen Kleid mit einer Menge kleiner Knöpfe daran gesagt.
»Guten Tag, Kinder. Willkommen in Schipluiden. Eure Eltern sind oben«, hat der Herr Pfarrer geantwortet.
Jetzt sitzen sie am Tisch.
»Dora, meine Haushälterin, und Neeltje, mein

Dienstmädchen, werden euch das Frühstück bringen. Gestern, als ihr angekommen seid, waren sie nicht da. Sie hatten frei, aber nun könnt ihr sie kennenlernen«, hat der Herr Pfarrer gesagt, als er heute morgen sehr früh zu ihnen kam.
»Es ist, als wären wir in den Ferien«, sagt Mutter. »Ich brauche nicht selbst für das Frühstück zu sorgen.«
Jemand klopft sehr laut an die Tür.
»Herein«, ruft Vater.
Vom Gang her klingt Gelächter.
»Du zuerst«, hört sie.
»Nein, du. Stell dich nicht so an.«
»Herein«, ruft Vater wieder.
»Geh jetzt«, hört sie.
Die Tür wird aufgerissen. Hintereinander kommen zwei Frauen ins Zimmer. Die eine Frau trägt ein Tablett, die andere Frau hat eine Teekanne in der Hand. Sie bleiben im Zimmer stehen.
»Stell die Teekanne hin, Neeltje«, sagt die Frau mit dem Tablett. Neeltje tut, was ihr gesagt wird. Sie stellt die Teekanne auf den Tisch. Dabei schaut sie erst Vater an. Dann schaut sie zu Mutter.
»Dora«, sagt sie. »Sie sind gar nicht anders.«
»Wissen Sie«, sagt Dora. »Wir haben noch nie Juden gesehen. Deshalb hat es ein bißchen gedauert, bis wir uns reingetraut haben.«

Ernste Warnung

Von der deutschen Sicherheitspolizei erhielten wir folgende Mitteilung:

Gegen Juden, die als flüchtig aufgegriffen werden oder versuchen, sich dem Arbeitsdienst in Deutschland oder in einem Lager der niederländischen Arbeitsbeschaffung zu entziehen, wird von der deutschen Sicherheitspolizei mit strengsten Maßnahmen vorgegangen.

Neeltje rennt aus dem Zimmer.
»Guten Appetit«, ruft Dora und rennt hinter Neeltje her.

Süßigkeiten

Sieben Wochen sind sie nun im Pfarrhaus, und noch nie sind sie unten gewesen in dem Zimmer, in dem der Herr Pfarrer wohnt.
»Zu gefährlich«, sagt der Herr Pfarrer. »Siehst du den eisernen Turm dort auf der Wiese? Ab und zu steigen Moffen hinauf, damit sie die ganze Umgebung sehen können. Vielleicht können sie auch hier hereinschauen. Ihr bleibt schön oben.«
»Wenn der Herr Pfarrer und Dora in der Kirche sind, gehen wir einmal heimlich nach unten«, hat sie Esther versprochen, aber das ist leicht gesagt. Der Herr Pfarrer und Dora sind noch nie zusammen in die Kirche gegangen. Bis heute morgen. Es ist so still unten. Sonst hört man Dora manchmal mit Tellern oder Töpfen hantieren, oder man hört den Herrn Pfarrer singen, aber nun ist alles still. Die Eltern lesen. Esther und sie machen ein Spiel.
»Sechs«, ruft Esther und will den roten Stein rükken.

»Esther, wir gehen«, flüstert sie.
»Wohin geht ihr?« fragt Mutter.
»Wir gehen ein bißchen spazieren, auf dem Flur.«
»Gut, aber leise, ja?«
»Ja, Mama.«
Auf Zehenspitzen gehen sie aus dem Zimmer. Sie sind nun schon daran gewöhnt, daß sie keinen Lärm machen dürfen. Am Anfang, als sie erst kurz untergetaucht waren, war still sein sehr schwer.
Sie sind fast an der Treppe. Vorsichtig setzt sie ihren Fuß auf die erste Stufe.
»Komm nur, Esther«, flüstert sie.
Es geht gut. Sie sind fast unten. Noch eine Stufe, und dann...
Unten an der Treppe liegt Timmy, der Hund vom Herrn Pfarrer. Er liegt an einer Kette, denn er ist ein Wachhund. Timmy ist ein netter Hund, aber jetzt führt er sich auf wie verrückt. Er zerrt an seiner Kette, er springt an Esther hoch. Er knurrt und zeigt die Zähne.
»Misthund!« ruft Esther. »Ekliger Misthund. Noch nie sind wir in den sieben Wochen unten gewesen, und wegen dir können wir nicht durch. Wir wollen ein Abenteuer.«
Sie müssen zurück. Sie trauen sich nicht an dem Hund vorbei. Das Abenteuer ist mißlungen.

»Nicht ins Zimmer gehen«, flüstert sie. »Komm mit, ich weiß was. Mama hat eine Schachtel Süßigkeiten in ihrem Koffer. Die geben wir Timmy. Dann dürfen wir bestimmt vorbei.«
Sie gehen zu einem Flurschrank. Dort steht Mutters Koffer. Sie wühlen zwischen Hemden und Unterröcken. Da sind sie, die Süßigkeiten.
»Was sucht ihr in meinem Koffer?«
Im Flur steht Mutter.
»Nichts, wir langweilen uns so. Wir wollen wissen, was du in deinem Koffer hast.«
»Es ist mein Koffer. Soll ich denn gar nichts mehr für mich allein haben? Ihr seid aber lästig heute! Wenn wir nicht untergetaucht wären, würde ich euch jetzt bestrafen. Sagt, habt ihr Timmy nicht bellen hören? Was hat er nur?«
Erschrocken schauen sie sich an.
»Ich weiß es nicht, Mama«, sagt Esther.
»Nein, ich auch nicht«, sagt sie.
Sie hat die Schachtel mit Süßigkeiten in ihrer Rocktasche versteckt.
»Wir gehen wieder, Esther«, flüstert sie.
Ganz leise laufen sie die Treppe hinunter. Als sie fast unten sind, ruft sie: »Braver Hund, komm her! Komm nur. Wir haben Süßigkeiten für dich.«
Timmy kommt auf sie zu. Sie nimmt eine Handvoll Süßigkeiten aus der Schachtel. Timmy riecht

daran. Dann kommt seine lange rosa Zunge zum Vorschein. Mit einem einzigen Haps sind alle Süßigkeiten verschwunden. Ruhig legt er sich hin. Noch einmal schleift seine Kette über den Steinfußboden. Dann ist es still.

Sie gehen durch den Flur.

»Hier wird das Zimmer sein«, flüstert sie. »Komm.«

Sie macht die Tür auf. Sie sehen ein großes Zimmer.

»Was für ein schöner Sessel«, ruft Esther und rennt hin.

Sie läßt sich in den großen Sessel fallen. Sie federt ein Stück in die Höhe. Sie läßt sich wieder fallen, und je fester sie das tut, um so höher kommt sie.

»Laß das. Gleich geht der Sessel kaputt.«

Sie gehen durch das Zimmer. Durch eine offene Tür können sie in die Küche sehen.

»Schöne Töpfe, nicht wahr?«

»Na und ob!«

»Jetzt gehen wir in den Garten«, sagt Esther. »Ich will alles sehen hier unten.«

Sie erschrickt. »Nein, das kommt nicht in Frage, wir gehen hinauf.«

»Ich will in den Garten.«

»Siehst du den eisernen Turm?« flüstert sie. »Da sitzt ein großer, dicker Mof drauf mit einem Fernglas, und der schaut zu dir herüber. Ja, er schaut zu dir herüber.«

»Das ist doch nicht wahr?« Esther fängt fast an zu weinen.

»Ich habe nur Spaß gemacht«, sagt sie. »Aber was wir jetzt tun, ist gefährlich. Der Herr Pfarrer hat es mir selbst gesagt.«

»Komm, gehen wir«, sagt Esther.

Timmy liegt noch ruhig vor der Treppe und schläft. Sie müssen über ihn hinwegsteigen, um hinaufgehen zu können.

Als sie auf der dritten Stufe sind, fängt die Kette an zu rasseln. Timmy steht auf seinen vier Pfoten und fängt laut an zu bellen.

»Kusch!« ruft sie, aber es ist schon zu spät.

Oben an der Treppe steht Mutter. »Was tut ihr da?«

»Wir sind bloß kurz mal unten gewesen.«

»Kommt sofort herauf. Ihr wißt alle beide, daß ihr nicht nach unten dürft. Ich bin sehr böse.«

»Wir waren so neugierig, und uns war so langweilig«, sagt Esther.

»Das hat nichts damit zu tun«, sagt Mutter. »Wollt ihr von den Moffen geholt werden?«

»Ja, das wollen wir!« ruft Esther. »Dann können wir wenigstens mal wieder hinaus!«

Gebet

Bevor sie schläft, sagt sie ein Gebet.
Sie findet es wunderbar, mit Gott zu sprechen. Sie erzählt ihm von dem Tag, der vorüber ist. Eigentlich ist das nicht nötig, denn Gott weiß alles. Aber wem soll sie es sonst erzählen?
»In Gottes Namen lege ich mich nieder, um morgen früh gesund wieder aufzustehen. Amen sela.«
Was das letzte bedeutet, weiß sie nicht genau. Es ist hebräisch und klingt schön.
Früher, zu Hause, hat sie nie gebetet, aber Mama hat es ihr jetzt beigebracht, und sie freut sich darüber.
Sie hat sogar noch etwas dazugemacht.
»Lieber Gott, behüte bitte die Menschen in Vught, Westerbork und Polen.« Wenn sie diese Worte sagt, macht sie ihre Augen ganz fest zu. Und preßt die Hände ineinander. Gott muß zuhören.
»Gott, behüte Opa, Oma, Onkel Jakob, Marga, Mientje, Rivkah, Herman, Onkel Moritz, Tante Malli und Johnny.«
So könnte sie noch Stunden weitermachen, denn es sind sehr viele Menschen in Vught, Westerbork und Polen. Sie hört immer bei Onkel Moritz, Tante Malli und Johnny auf. Sonst wird es zuviel.

An diesem Abend ist sie müde. Sie hat den ganzen Tag gelesen. Davon wird man richtig benommen. Sie liegt im Bett.

»Lieber Gott, behüte Opa, Oma, Onkel Jakob, Marga, Mientje, Rivkah, Herman... Lieber Gott, ich kann nicht mehr.«

Am nächsten Morgen beim Frühstück kommt der Herr Pfarrer herein.

»Hier, eine Karte für euch«, sagt er. »Ein deutscher Stempel ist darauf. Ich habe sie über Leute aus dem Untergrund* bekommen.«

Er gibt Mutter die Karte. Sie liest. Ihre Hände fangen an zu zittern. »Mein Gott. Malli und Johnny und Moritz sind von Westerbork nach Polen geschickt worden. Hier, eine Abschiedskarte.«

Als sie abends im Bett liegt, betet sie:

»Lieber Gott, gestern abend habe ich vergessen, dich darum zu bitten.

Lieber Gott, behüte Tante Malli und Onkel Moritz und Johnny.

Behüte Tante Malli und Onkel Moritz und Johnny.

Bitte, lieber Gott, behüte Tante Malli und Onkel Moritz und Johnny.

Ist es so richtig, lieber Gott?«

* Widerstandsbewegung gegen die deutsche Besatzung

Wache stehen

Es ist soweit. Heute muß sie am Fenster stehen und hinausschauen, ob Gefahr droht. Hans von den Untergrundleuten hat sich das ausgedacht.
»Leute«, hat er gesagt. »Leute, wir müssen einen Plan machen. Wenn die Moffen unsere Adresse erfahren, werden wir uns nicht einfach ergeben.«
Er sagte ›unsere Adresse‹, denn ab und zu ist auch er im Pfarrhaus untergetaucht.
»Hans muß jetzt erst mal verschwinden. Er hat den Moffen wieder mal eins ausgewischt«, sagt Vater dann, aber was er meint, weiß sie nicht.
Von Hans stammt der Wache-stehen-Plan. Abwechselnd müssen sie am Fenster des Vorzimmers Wache halten. Jeder, der etwas Verdächtiges sieht, muß sofort auf einer Pfeife blasen, um die anderen zu warnen. Alle miteinander, der Wachesteher zuletzt, müssen sie zum Dachboden rennen, durch das Dachfenster nach draußen steigen und sich auf die Leiter setzen, die an der Dachschräge lehnt. Jeder hat einen bestimmten Platz auf dem Dach zugewiesen bekommen. Damit sie durch das Fenster klettern können, steht Tag und Nacht auf dem Dachboden eine Leiter bereit.
»Denkt dran«, sagt Hans bei jeder Übung. »Der letzte muß die Dachbodenleiter wegtreten, sonst

sehen die Moffen, daß wir aus dem Fenster gestiegen sind.«
Sie üben oft. Wenn die Pfeife losschrillt, müssen sie schnell aufräumen. Keine Tasse darf mehr herumstehen. Jedes Buch muß verschwunden sein. Keine Spur darf zurückbleiben, denn jeder muß glauben, daß nur der Herr Pfarrer und Dora im Pfarrhaus wohnen.
Bei jeder Übung hat sie schrecklich Bauchweh, so sehr, daß ihr schlecht wird davon. Sie sagt es nicht. Niemand kann ihr helfen. Jeder ist viel zu sehr damit beschäftigt, aufs Dach zu kommen.
Jetzt steht sie vor dem großen Fenster im Mariazimmer. Sie hat das Zimmer so genannt, weil eine Marienstatue darin steht.
»Heilige Maria«, sagt der Herr Pfarrer. Sie sagt nur Maria, denn wenn man ein jüdisches Kind ist, findet man Maria nicht heilig.
Wenn die Moffen kommen würden, müßte sie laut pfeifen. Sehr laut! Aber wenn sie sie nun nicht rechtzeitig sieht? Wenn sie nicht rechtzeitig warnt?
Dann wird ein Mof sie am Nacken packen und rufen: ›So, hier habe ich die erste Jüdin. Es gibt bestimmt noch mehr!‹
»Heilige Maria, laß sie nicht kommen, bitte nicht.«

Sie schaut die Statue an, aber die sagt nichts. Sie lächelt. Vielleicht lächelt sie sie an?
Sie erschrickt, als die Tür aufgeht. Es ist Mutter, die ihr eine Tasse Tee bringt.
»So, mein großes Mädchen, geht's? Soll ich eine Weile bei dir bleiben?«
»Nicht nötig, ich langweile mich nicht«, antwortet sie.
»Noch eine halbe Stunde, mein Mädchen. Dann übernehme ich die Wache.«
Mutter verschwindet. Sie hört ihre Schritte auf dem Flur.
Über ihrem Kopf schlägt die Kirchenglocke.
»Noch eine halbe Stunde, Maria. Hörst du die Kirchenglocke? Noch eine halbe Stunde.«
Sie schaut über den Kanal, der am Pfarrhaus vorbeiführt. Auf der anderen Seite des Wassers ist ein Bauernhof. Dort trinken sie auch Tee. Eine ganze Familie sitzt um einen großen Tisch herum. Sie reden. Sie sieht es an den Bewegungen ihrer Hände.
Vom Kanal schaut sie zum Weg, vom Weg schaut sie zum Kanal. Dort geht ein Pferd mit einem Wagen hinter sich. Sie hört das Klick-klack der Hufe. Sie hört das Quietschen der Räder. Als Pferd und Wagen vorbei sind, ist der Weg leer.
Leer? Wenn sie genau hinschaut, sieht sie doch

etwas. Aber sie träumt. Es ist nicht wahr. Das grüne Auto dort, vollgeladen mit Helmen, ist kein Moffenauto.
»Heilige Maria, es ist nicht wahr, oder?«
Es ist doch wahr. Das Auto kommt näher. Die Männer, die aus den Fenstern schauen, deuten auf sie. Sie hört das Geräusch einer Pfeife. Sie fühlt, wie ihre Beine sie zum Dachboden bringen. Alle sind dort schon vom Dachfenster verschluckt. Jetzt sie noch.
Sie klettert die Leiter hoch, die auf dem Dachboden steht. Als sie mit ihrem Oberkörper in der Fensteröffnung hängt, tritt sie die Leiter weg. Krachend fällt die Leiter auf den hölzernen Fußboden. Sie schließt das Fenster. Außer Atem setzt sie sich an das schräge Dach.
Zu spät! Sie hat zu spät gewarnt. Sie will rufen: ›Packt uns doch. Hier sind wir alle!‹
Kein Ton kommt aus ihrer Kehle.
Gleich wird das Fenster aufgehen. Gleich wird ein Helm erscheinen. Sie wird als erste gepackt werden. Wer Wache gestanden hat, sitzt ganz unten.
Da passiert es schon. Langsam bewegt sich das Fenster. Ein blonder Kopf erscheint.
»Komm nur«, sagt der Kopf. »Alles ist sicher.«
Es ist der Herr Pfarrer, der sie vom Dach holen

kommt, und nicht einer von den Deutschen, die sie gesehen hat, als sie Wache stand.
Sie darf als erste vom Dach runter.
»Gut gemacht. Du hast rechtzeitig gepfiffen«, sagt der Herr Pfarrer. »Aber sie sind nicht euretwegen gekommen.«
»Sie haben aber alle auf mich gedeutet.«
»Nein. Weißt du, worauf sie gedeutet haben? Auf die orangefarbenen Blumen im Garten. Du weißt doch, daß unsere Königin, die jetzt in England ist, mit Nachnamen Oranien heißt? Deshalb dürfen Niederländer keine orangefarbenen Blumen mehr im Garten haben.«

Als Hans später am Tag zu ihr sagt, daß er stolz auf sie ist, fängt sie an zu weinen.
»Du brauchst es nicht mehr zu tun«, sagt Hans tröstend. »Vielleicht bist du doch noch eine zu kleine Jüdin, um Wache stehen zu können.«

Sie sind gerade weg

Mit einem Ruck macht der Herr Pfarrer die Tür auf. »Leute«, sagt er. »Ich muß euch was sagen. Ihr müßt hier weg.«

»Das stimmt doch nicht?« fragt Mutter.
»Leider doch«, antwortet der Herr Pfarrer. »Was in dreißig Jahren nicht passiert ist, passiert jetzt. Ein Kaplan ist ernannt, und er soll in eurem Zimmer wohnen. In zehn Tagen kommt er.«
»Ein Kaplan? Was ist das?«
»Ein Kaplan, Esther, ist jemand, der dem Pfarrer hilft, ein Assistent.«
»Wohin sollen wir dann?« Vater seufzt. »Wir müssen den Untergrundleuten Bescheid geben.«
»Glaubt mir, in meinem ganzen Leben habe ich erfahren, daß man die Dinge manchmal nicht versteht, aber sie sind immer für irgend etwas gut. Gott hat eine Absicht bei allem, was er tut.«
»Ich stelle mich den Deutschen«, sagt Vater. »Ich habe genug davon. Immer wieder müssen wir uns verstecken. Ich kann nicht mehr.«
»Wir stellen uns nicht, David. Das können wir unseren Kindern gegenüber nicht verantworten. Denk mal darüber nach, was der Herr Pfarrer gesagt hat.«
»Schöne Sprüche«, sagt Vater. »Ich bin nicht katholisch. Ich glaube nicht an Bestimmung.«
»Morgen findet sich eine Lösung«, sagt Rachel plötzlich. Sie weiß nicht, warum sie das sagt, sie muß es einfach sagen.
»Rachel, du bist ein Naseweis«, sagt Mutter. »Du

bist wie eine Wahrsagerin auf dem Rummelplatz.«
Doch es stimmt. Am nächsten Tag kommt Hans und sagt, daß er eine Adresse gefunden hat.
»Sag doch, wo?« fragt Mutter.
»Nächste Woche«, antwortet Hans. »Lieber nicht vorher.«

Nun gehen sie in den Garten des Pfarrhauses, zusammen mit Hans, der sie zu ihrer neuen Adresse bringen wird. Sieben Monate ist es her, daß sie draußen waren. Sie will den Himmel betrachten, die Sterne, aber ihr wird so schwindlig, daß sie Mutters Hand nehmen muß.
»Wie schön die Sterne sind«, sagt sie. »Und wie gut es draußen riecht.«
»Beeil dich, Rachel. Nicht soviel reden«, sagt Hans. »Steig schnell in das Auto dort.«
Der Herr Pfarrer hat sie begleitet.
Er steht noch da, als das Auto anfährt. Er winkt mit beiden Händen. »Gott segne euch!« ruft er.
»Gott segne Sie!« ruft Mutter.
»Wohin fahren wir?« fragt Esther.
»Nach Norden«, sagt Hans. »Und mehr erzähle ich nicht.«
Als sie ungefähr eine Stunde gefahren sind, sagt Hans: »Wir sind fast da.«

Sie fahren in eine Stadt. Die Häuser sehen alt aus, und es gibt viel Wasser.
»Das ist Hoorn«, erklärt Hans. »Da ist eure nächste Untertauchadresse.«
Er hält vor einem Haus in einer langen Straße.
»Kommt«, sagt er. »Wir müssen zur Nummer dreizehn.«
Er klingelt. Eine Frau macht die Tür auf.
»Ich bin Tante Annie, und das ist Onkel Jan.« Sie deutet auf einen Mann, der im Flur steht.
»Angenehm«, sagen Vater und Mutter.
Überhaupt nicht angenehm, denkt sie.
»Gehen wir hinauf. Ich zeige euch euer Zimmer.« Tante Annie ist schon auf der Treppe. »Kommt rein. Hier ist es.«
»Wo können wir schlafen?« fragt Mutter. »Ich sehe nirgendwo ein Bett.«
»Solange unsere anderen Untertaucher noch nicht hier sind, könnt ihr auf dem Klappbett hier im Zimmer schlafen. Die Kinder bekommen ein Doppelbett im Flur.«
»Vielen Dank«, sagt Mutter.
»Heute nacht bleibe ich bei euch«, sagt Hans. »Ich würde gern gleich ins Bett gehen, weil ich morgen schon früh raus muß.«
»Wir gehen alle zu Bett«, sagt Vater und gähnt. »Ich stelle das Klappbett auf.«

Zusammen mit Esther liegt sie in einem Bett auf dem Flur. Nach einer Weile kriecht Hans neben sie.
Vater und Mutter kommen zum Gutenachtsagen.
Mutter gibt Hans auch einen Kuß. »Danke, Hans«, flüstert sie. »Du tust so viel für uns.«
»Wirf ruhig was in meinen Hut«, sagt Hans schläfrig.
Mitten in der Nacht geht das Telefon. Tante Annie steht schon im Flur.
»Wart mal.« Hans hält sie zurück. »Ich gehe runter.«
Er rennt die Treppe hinunter. Sie kann seine Stimme bis oben hören. Bestimmt hat er die Zimmertür offengelassen.
»Schlimm«, hört sie. »Haben sie ihn mitgenommen?«
Sie sitzt aufrecht im Bett.
Wer ist nun wieder mitgenommen worden? Hört das denn niemals auf?
Sie hört, wie Hans sehr langsam heraufkommt.
»Los, erzähl«, sagt Tante Annie.
»Jemand vom Untergrund war am Telefon.« Hans schaut von einem zum anderen. »Sie sind ins Pfarrhaus gekommen, um David und Ruth und die Kinder zu verhaften. Ein Deutscher und zwei Nieder-

länder haben das ganze Pfarrhaus auf den Kopf gestellt. ›Sie haben Pech, die Familie ist gerade weg‹, hat der Herr Pfarrer gesagt, und da haben sie ihn mitgenommen.«

»Woher wissen die vom Untergrund das?« Tante Annie schaut Hans mit großen Augen an.

»Von Dora, der Haushälterin.«

Vater und Mutter sind jetzt auch im Flur.

»Sie haben den Herrn Pfarrer verhaftet.«

»Rachel, das kann nicht sein, du machst Witze, nicht wahr?« sagt Mutter. »Wir haben doch heute abend noch mit ihm gesprochen.«

»Es ist nicht zu glauben, aber es ist wirklich wahr«, sagt Hans.

»Gott schütze den Herrn Pfarrer«, sagt Mutter.

»Dreckige, stinkende Scheißmoffen!« schreit Vater. »Dreckige, stinkende Verräter!«

Noch mehr Menschen

»Heute kommen Untertaucher dazu«, sagt Tante Annie.

»Das wird eng werden«, sagt Vater. »Wer kommt?«

»Das kann ich nicht erzählen. Es ist eine Überraschung.«
Eine Überraschung? Wie ist das möglich? Was für eine Überraschung?
Sie ist sehr neugierig.
»Es sind bestimmt unangenehme Leute«, sagt Mutter. »Und wo sollen wir alle schlafen? Wir haben nur zwei Betten.«
»Unten ist ein Sofa, auf dem könnt ihr schlafen, David und du. Wir haben nun mal nicht sehr viel Platz.« Tante Annie sagt es ein bißchen böse.
»Wenn es unangenehme Leute sind, rede ich nicht mit ihnen. Ich habe genug Bücher, ich kann lesen. Ich mag es nicht, mit so vielen Fremden auf engem Raum zusammenzusein«, murrt Mutter.
Jemand klopft an die Tür.
»Herein!« ruft Mutter.
Eine Frau kommt ins Zimmer. Sie ist klein, und sie hat blaue Augen. Mehr sieht man nicht von ihr, denn sie hat sich einen Schal ums Gesicht gebunden. Es ist sicher kalt draußen.
Ein Herr kommt herein, aber diesen Herrn kennt sie.
»Opa!« ruft sie.
»Pa!« schreit Mutter.
»Kinder!« ruft die Frau und nimmt den Schal von ihrem Gesicht. »Kinder, ein Jahr lang haben

wir einander nicht gesehen, und jetzt... auf einmal...«
Im Zimmer steht noch jemand, eine Frau.
»Guten Tag«, sagt die Frau. »Guten Tag, Kinder. Ich heiße Trijn. Eigentlich heiße ich Clara, Trijn ist mein Untertauchname. Ich tauche bei euch unter, zusammen mit euren Großeltern.«
»Es passen noch mehr dazu. Es ist Platz für alle«, singt Mutter. »Ich bin ja so glücklich.«
»Setzen wir uns«, sagt Vater. »Wir müssen eben zusammenrücken. Wo wart ihr bis jetzt?«
»Das dürfen wir nicht erzählen«, sagt Opa. »Fragen wir nicht zuviel. Das holen wir später nach, wenn der Krieg vorbei ist.«
Sie sitzen um den Tisch. Sie reden nicht mehr. Sie schauen einander an. Es ist so lange her, daß sie zusammen waren.
Tante Annie kommt ins Zimmer. »Wie schön ruhig ihr seid«, sagt sie. »Das ist aber eine angenehme Überraschung, bei sieben Leuten. Ich will mal schnell die Betten verteilen. Trijn und die Kinder im Bett auf dem Flur. Opa und Oma hier im Zimmer auf dem Klappbett und Ruth und David unten auf dem Sofa. Es geht nicht anders.«
»Das macht nichts«, sagt Mutter. »Ich bin so glücklich, daß meine Eltern hier sind.«
»Darum beneide ich dich«, sagt Vater.

Mutter tröstet ihn. »Nach dem Krieg siehst du deine Eltern wieder.«
»Hoffen wir's«, sagt Vater.

Poesiealbum

»Noch einmal üben«, sagt Mutter. »Wie heißt du jetzt?«
›Rachel Hartog‹, will sie schon sagen, aber das darf sie nicht. Rachel Hartog gibt es nicht mehr. Rachel Hartog ist umgetauft in Ria van Willigen.
»Weg mit euren jüdischen Namen«, hat Tante Annie gesagt. »Ab jetzt ist euer Nachname van Willigen, und eure Vornamen sind: Jan Willem.« Sie deutet auf Vater.
»Janny.« Ihr Zeigefinger wandert zu Mutter.
»Maaike.« Esther ist dran.
»Ria.« Sie muß sich daran gewöhnen, daß jeder sie nun Ria nennt. Oft sagt sie »Hallo, Rachel« zu sich, weil sie solche Angst hat, daß sie vergißt, wie sie wirklich heißt.
»Guten Tag, Ria van Willigen«, sagt sie auch oft zu sich selbst, denn falls sie erwischt würden, müßte sie sofort sagen können: ›Ich bin Ria van Willigen, und ich wohne Haantje 96 in Gorkum.‹

Sie verabscheut diese Ria. Wenn der Krieg vorbei ist, wird sie Ria mit einem Tritt in die Ecke befördern. Und Esther nennt sie dann nur noch Esther und nicht Maaike, niemals!
Morgen hat sie Geburtstag. Zwölf Jahre wird sie.
Im Schrank hat sie ein Päckchen liegen sehen, und sie weiß genau, daß es für sie ist. Es ist ein flaches, lila Päckchen. Vielleicht ist es ein Buch. Das wäre schön, denn das Buch, das sie von daheim mitgenommen hat, hat sie schon hundertmal gelesen.
»Herzlichen Glückwunsch, Ria«, sagt Mutter am Morgen ihres Geburtstags. »Und noch viele Jahre in Gesundheit und Frieden wünsche ich dir.«
»Herzlichen Glückwunsch, Ria. Und hier ist ein Geschenk.« Vater gibt ihr das Päckchen, das sie im Schrank gesehen hat.
Von jedem bekommt sie etwas. Von Opa und Oma eine Schachtel Taschentücher, von Tante Trijn ein Fläschchen Nagellack und von Esther einen Bleistift.
»Danke, vielen Dank«, ruft sie. »Ich freue mich ja so über all die Päckchen!«
»Machst du unser Päckchen nicht auf, Ria?« fragt Vater.
»Doch, und ob. Ich wollte nur noch kurz warten, damit ich noch neugieriger werde.«

Sie öffnet sehr vorsichtig das lila Päckchen. Dann hat sie ein prachtvolles Poesiealbum in den Händen.
»Wie schön«, sagt sie. »Fast wie das andere, das daheim geblieben ist. Wie schön, jetzt habe ich wieder eins. Schreibt ihr mir alle einen Vers in mein Album?«
»Ich kann nicht schreiben«, sagt Esther.
»Ich helfe dir, Maaike«, verspricht Vater.
»Und ich lackiere meine Nägel und putze mir die Nase. So viele Geschenke habe ich bekommen.«
»Bist du glücklich, Rachel?« fragt Esther.
»›Bist du glücklich, Ria?‹ mußt du fragen.«
»Ach ja, stimmt ja. Bist du glücklich, Ria?«
»Ja.«
Eigentlich ist die Feier jetzt vorbei. Alle sitzen ganz still da. Das müssen sie auch, denn gleich kommt die Putzfrau, und die darf nicht wissen, daß im Zimmer über ihr so viele Menschen untergetaucht sind. Sie dürfen nicht einmal mehr sprechen.
Sie sitzt am Tisch. Vor ihr liegt das Poesiealbum. Sie will selbst das erste Gedicht auf die erste Seite schreiben. Sie nimmt den Bleistift, den sie von Esther bekommen hat, und schreibt

Illegaler Aufenthalt von Juden

Von befugter deutscher Seite wird gemeldet, daß seit der Verfügung des Generalkommissars für das Sicherheitswesen betreffs des Aufenthalts von Juden durch die Mithilfe der Bevölkerung eine große Anzahl geflohener Juden gefaßt und in ein Arbeitslager überführt werden konnte. Bei *freiwillig* und *rechtzeitig* erteilten Hinweisen sind die Niederländer und ihre Familien, die ursprünglich an dem illegalen Aufenthalt von Juden beteiligt waren, in allen Fällen *ohne Strafe* davongekommen.

Hingegen mußten etliche Niederländer verhaftet werden, die der Polizei Informationen über den Verbleib versteckter Juden vorenthalten hatten.

Um bei wohnungssuchenden Personen Irrtümer bezüglich ihrer Zugehörigkeit zur jüdischen Rasse zu vermeiden und somit der Gefahr einer strafbaren Handlung zu entgehen, wird dringend geraten, umgehend alle in die häusliche Gemeinschaft aufgenommenen Personen vorschriftsgemäß bei der nächsten Polizeidienststelle zu melden.

Dieses Album gehört mir.
Solange ich hoff' zu leben.
Rachel ist mein Nam'
Von meinen Eltern mir gegeben.
Hartog ist mein Stamm
mein väterlicher Stamm
Groningen ist...

»Ria, um Gottes willen! Was tust du? Laß das!« Mutter steht hinter ihr. Sie nimmt das Album vom Tisch. Sie fängt an, die erste Seite herauszureißen.
»Nicht, Mama!« ruft sie. »Nicht reißen!«
Die Mutter reißt trotzdem.
»Laß das, Mama!« Mit beiden Fäusten schlägt sie auf Mama ein. Sie schreit, sie weint. Sie will nicht mehr still sein, nie mehr.
Sie fühlt, daß Mutter sie auf den Schoß zieht. Sie fühlt, daß Mutter ihr Küsse gibt und ihr liebe Worte ins Ohr flüstert.
»Kind, Kind, was willst du denn?« fragt Mutter.
»Nichts«, schluchzt sie. »Nichts, nur einfach Rachel Hartog sein.«

»Kommt«, sagt Tante Annie. »Geht mit mir runter. Ich will ein Foto von euch machen.«
»Von uns?« fragt Vater.
»Nein, von den Mädchen. Falls ihr geschnappt werdet, will ich eine Erinnerung zurückbehalten, und deshalb will ich ein Foto von ihnen machen.«
Herrlich findet sie das. Jetzt kann sie hinunter. Abends ist sie zwar schon mal im Wohnzimmer gewesen, aber tagsüber noch nie.
Als sie unten sind, macht Tante Annie die Tür zum Garten auf.
Sie rennt zurück in den Flur. Esther läuft hinter ihr her.
»Was tut ihr denn? Kommt, ich will ein Foto machen. Geht raus!«
»Raus? Das will ich nicht. Es ist so hell, und die Nachbarn können uns sehen.«
»Nur ganz kurz.« Tante Annie schiebt sie durchs Zimmer.
Dann stehen sie draußen. Über den Lattenzaun zwischen ihrem Garten und dem der Nachbarn hat Tante Annie ein weißes Laken gehängt.
»So wird das Foto hübscher«, sagt sie. »Setzt euch mal dort vor das Laken.«

Sie werden auf eine Bank gesetzt. Vor ihnen steht Tante Annie mit dem Fotoapparat.
»Lachen!«
Esther fängt laut an zu lachen.
»Ohne Geräusch. Leise lachen!«
Sie gibt sich Mühe, zu lachen und sich nicht zu bewegen, aber sie fühlt, daß es nicht klappt. Sie hat solche Angst. Drei Monate sind sie jetzt schon oben im Haus von Tante Annie und Onkel Jan. Deshalb ist es unheimlich, wenn sie jetzt draußen sind.
»Lach doch nicht so säuerlich. Du bist schon zwölf Jahre alt. Da weißt du doch bestimmt, wie man lacht?«
Tante Annie öffnet die Lippen. Sie legt den Kopf etwas zurück und zeigt ihre großen, weißen Zähne. Sie versucht, es nachzumachen, aber Tante Annie ist nicht zufrieden.
»Dann eben ohne Lachen«, sagt sie.
Prrrt, macht der Fotoapparat. Das Bild ist geknipst worden.
»Lahmsuse«, sagt Tante Annie. »Noch nicht mal lachen kannst du.«
Tante Annie bringt sie wieder hinauf.
»Und? Ist das Foto schön geworden?« fragt Vater.
»Nein«, sagt Tante Annie. »Die große Lahmsuse wollte nicht lachen.«

Pietje betet

»Ach Gott, wie süß«, sagt Tante Trijn. »Weißt du, was Pietjes Pflegemutter schreibt?« Sie wedelt mit dem Brief, den sie gerade gelesen hat. »Pietje kann so schön beten. Er kann sogar schon ein Kreuz schlagen.«
Pietje ist fünf Jahre alt. Er heißt eigentlich Eli und ist der Sohn von Tante Trijn.
»Das findest du süß!« ruft Opa ein bißchen zu laut. »Das findest du süß? Sie nehmen uns nicht nur unsere Kinder weg, sondern auch unsere Gebete.«
»Was macht das denn? Wenn mein Junge es gut hat, kann er beten, was er will.«
»Gut, wie du meinst. Wir sprechen nicht mehr darüber.«

Jetzt ist Pietje bei ihnen im Dachzimmer. Joke, seine Pflegemutter, will ihn so gern mal seiner richtigen Mutter zeigen.
»Kommst du zu mir auf den Schoß?« fragt Tante Trijn und streckt die Arme aus.
»Nein«, antwortet Pietje. »Ich bleibe bei Mutter.« Er versteckt seinen Kopf an Jokes Brust.
»Er spricht anders als früher«, sagt Tante Trijn.
»Ja. Schön, nicht wahr? Und wie er beten kann! Bet uns mal was vor, Pietje.«

Pietje schlägt ein Kreuz. »Im Namen des Vaters, des Sohnes und des Heiligen Geistes.«

Opa setzt sich mit dem Rücken zu Pietje.

Pietje fährt fort: »Gegrüßet seist du, Maria. Eh, eh...«

»Komm«, sagt Joke. »Denk mal nach, du weißt es doch.«

Über seine gefalteten Hände hinweg schaut Pietje Tante Trijn an. Er seufzt sehr tief: »Voll der Gnaden. Baruch Ata Adonai Elohenu Melech haolam...«*

Mit einem Ruck dreht sich Opa um. Tränen laufen über sein Gesicht.

»Schma Israel, Adonai Elohenu Adonai echad«**, singt er.

Ganz leise singt Opa. Ganz leise singen sie mit.

An Jokes Brust liegt Pietje, den Daumen halb im Mund.

Pietje schläft.

* Altes jüdisches Gebet: Gelobt seist Du, Herr, unser Gott, König der Welt.

** Höre, Israel, der Herr, unser Gott, ist ein einziger Gott.

Ansteckende Krankheit

Tante Annie hat ein großes Plakat an die Tür gehängt: HIER HERRSCHT EINE ANSTECKENDE KRANKHEIT steht darauf, in Niederländisch und in Deutsch.

»Jetzt traut sich kein Mof mehr herein. Sie haben eine Heidenangst vor Scharlach«, sagt Tante Annie zufrieden.

Rachel hat zehntausend rote Flecken auf ihrem Körper. Sie hat Halsweh und Fieber. Sehr krank ist sie, und trotzdem ist sie froh. Es ist schon so lange her, daß sie einmal einen ganzen Tag lang keine Angst vor den Moffen hatte. Vielleicht kann Tante Annie das Plakat den ganzen Krieg über an der Tür hängen lassen. Dann werden sie nie erwischt, und dann braucht sie nie mehr Angst zu haben.

Mama sitzt den ganzen Tag an ihrem Bett und singt die alten Lieder, die sie von ihrer Großmutter mütterlicherseits gelernt hat. Ein Schlaflied ist dabei, das sie am liebsten den ganzen Tag hören würde:

Es ist ernst, mein Kind,
du mußt schlafen gehn.
Die Sterne hell
am Himmel stehn.

Mutter hält am Bettchen Wacht.
Schlaf, mein Kindchen, schlafe sacht.

Sie fühlt, wie sie ganz ruhig wird bei diesem Lied. Es ist, als könnte Mama sie wirklich vor den Moffen beschützen.
Sie liegt im Bett von Tante Annie, nicht wie sonst im Bett auf dem Flur.
»Du brauchst Ruhe, wenn du so krank bist. Du darfst in mein Bett«, hat Tante Annie gesagt.
Rote Flecke sind nicht schlimm. Halsweh ist nicht schlimm.
Fieber ist wunderbar. Scharlach ist wunderbar.
Vielleicht bleibt sie den ganzen Krieg über krank.

Brüste

Ganz zart befühlt sie mit beiden Händen ihren Oberkörper. Es ist wirklich wahr. Sie bekommt Brüste.
Es fing damit an, daß ihr die linke Seite ein bißchen weh tat, und jetzt geht es mit der rechten Seite auch schon so. Sie wußte nicht, daß Brüste bekommen weh tut. Aber das findet sie überhaupt nicht schlimm. Sie ist ein bißchen stolz. Jetzt wird sie

wirklich erwachsen. Gestern hat sie von ihrem gestrickten Kleid die Täschchen abgemacht. Wenn die blöden Täschchen davor sind, kann niemand ihre Brüste sehen, und jeder soll sie sehen, so schön sind sie.

Heute abend kommt Gerrit, jemand vom Untergrund. Er ist schon ein paarmal bei ihnen gewesen, und sie findet ihn nett. Gerrit muß ihre Brüste sehen, aber wie soll sie das anstellen? Sie kann sich nicht ausziehen und sagen: ›Gerrit, schau mal, ich kriege Brüste.‹

Das geht nicht.

Wenn sie nicht untergetaucht wären, würde sie mit ihren Freundinnen darüber sprechen können, und beim Turnen würde jeder von allein sehen, daß sie erwachsen wird. Jetzt kommt nie jemand, und deshalb muß Gerrit sie betrachten.

»Ins Bett, Kinder«, sagt Mutter.

»Ich will noch nicht. Ich will auf Gerrit warten.«

»Gerrit kommt erst spät, das weißt du doch. Hopp, Schlafanzug an und ins Bett.«

Da kann man nichts machen. Auch wenn man untergetaucht ist, muß man der Mutter gehorchen.

Maulend geht sie ins Bett.

»Ich habe keine Lust, Geschichten zu erzählen«, sagt sie zu Esther.

»Du Flasche. Na gut, dann erzähle ich eben was. Es war einmal...«
»Halt den Mund, ich bin müde.«
Sie kann nicht schlafen. Sie muß immer an ihre Brüste denken. Es kommt ihr vor, als würden sie jede Minute größer.
Ihr ist warm. Sie zieht ihre Schlafanzugjacke aus. Glühend heiß ist es.
Die Klingel ist sehr laut. Meistens erschrickt sie davor, aber jetzt muß es Gerrit sein. Sie schlägt die Decke zurück. Ihr nackter Oberkörper ist gut zu sehen, auch für Gerrit.
»Hallo, kleines Mädchen«, flüstert Gerrit, als er neben ihrem Bett steht. »Wie geht's?«
»Gut.«
Sie setzt sich auf, damit er ihre Brüste noch besser sehen kann.
»Zieh deine Schlafanzugjacke an«, sagt er. »Sonst erkältest du dich.«
»Siehst du nichts, Gerrit?«
»Nein, was soll ich denn sehen?«
»Ich bekomme Brüste.«
Gerrit fängt laut an zu lachen. »Ach, wie großartig. Zwei Erbsen auf einem Brett, und das nennt sie Brüste. Gute Nacht, kleines Mädchen.«
Wütend ist sie.
Dieser blöde Gerrit. Auch wenn er zu den Unter-

grundleuten gehört, sie braucht ihn nicht mehr. Vielleicht wird er von den Moffen geschnappt. Geschieht ihm recht!

Herr Peer

Eines Tages steht ein fremder Mann im Zimmer. Er hält Vater die Hand hin. »Mein Name ist Peer*«, sagt er.
»Mein Name ist Apfel«, witzelt Vater.
Die stellen sich aber seltsam an, denkt sie. Wenn man schon einen Verstecknamen annimmt, warum dann einen so auffallenden?
»Wir kommen Ihre Töchter holen«, sagt Herr Peer. »Wir vom Untergrund haben einen Hinweis bekommen, daß es hier nicht mehr sicher genug ist.«
Sie sieht, daß Vater kreideweiß wird. Mutter sitzt auf einem Stuhl, die Hände vor den Augen.
»Wir gehen mit«, sagt Vater. »Wir lassen unsere Kinder nicht allein.«
»Für Erwachsene haben wir noch keine Adresse. In ein paar Tagen komme ich und hole Sie und Ihre Frau.«

* Birne

»Bringen Sie uns dann zu unseren Kindern?«

»Nein, Sie kommen woanders hin, zu anderen Leuten.«

»Wohin sollen wir?« fragt Opa.

»Für Sie und Ihre Frau haben wir noch keine Unterkunft gefunden.«

»Für mich dann wohl auch nicht?« Tante Trijn sieht sehr ängstlich aus.

»Leider nicht, aber wir suchen weiter.«

Sie müssen gehen. Mutter packt eine Tasche mit Sachen von Esther und ihr ein. Ihr Buch hält sie unter dem Arm. Das will sie immer dicht bei sich haben.

»Wohin kommen sie?«

»Ich bringe sie in ein Dorf in der Nähe. Sie kommen zu netten Leuten, die selbst keine Kinder haben. Wenn es dunkel wird, machen wir uns auf den Weg.«

Still sitzen sie beieinander. Sie sitzt bei Mutter auf dem Schoß, Esther bei Vater. Opa, Oma und Tante Trijn haben einen leeren Schoß, ohne ein Kind.

»Ria, komm mal kurz mit mir auf den Flur«, sagt Mutter. »Ich will etwas mit dir besprechen. Komm, wir setzen uns mal hier aufs Bett. Du bist die Älteste. Paß gut auf Maaike auf und mach alles so, wie es die neuen Leute dir sagen.«

»Ja, Mama.«
Sie gehen zurück in das Zimmer, in dem jeder noch auf derselben Stelle sitzt.
›Lieber Gott, laß es hell bleiben‹, betet sie stumm.

»Komm, wir gehen«, sagt Herr Peer. »Es ist fast dunkel.« Wie schrecklich groß Herr Peer ist, wenn er steht.
Sie nimmt Esther an der Hand. »Sag jedem auf Wiedersehen«, sagt sie.
Sie muß stark sein, denn jetzt muß sie für Esther sorgen. Wenn der Krieg vorbei ist, sollen sie stolz auf sie sein können.
Herr Peer nimmt Esthers andere Hand.
»Komm, Maaike«, sagt er. »Wir fahren mit dem Auto. Schau, dort steht es, vor der Tür.«
»Hurra«, ruft Esther. »Wir fahren mit einem Auto!«
Sie geben jedem einen Kuß. Sie fühlt, daß Mutter eiskalte Hände hat.
»Auf Wiedersehen«, flüstert sie.
Sie stehen vor der Tür. Sie fühlt den Wind in ihrem Gesicht. So will sie stehenbleiben. Sie hat schon so lange keine frische Luft mehr gefühlt.
Sie dreht sich um und winkt zu dem Fenster, hinter dem die anderen Untergetauchten stehen.
»Einsteigen!« ruft Herr Peer.

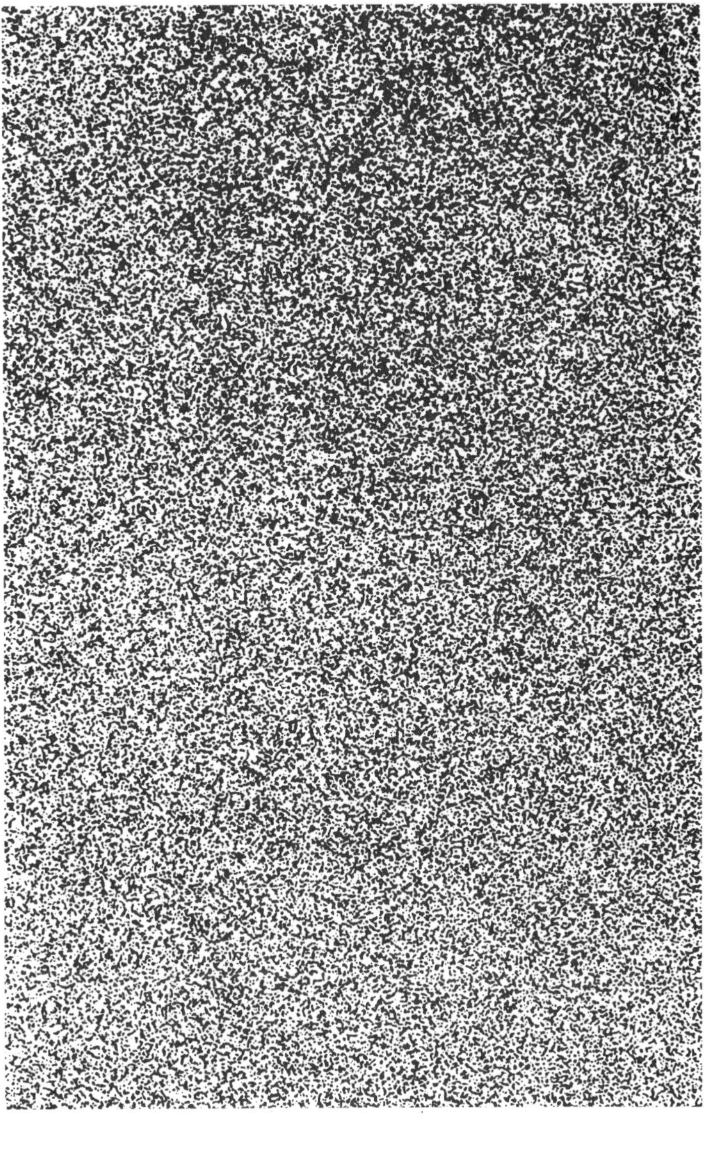

Ein neuer Onkel und eine neue Tante

Gestern hat Herr Peer sie zu neuen Leuten gebracht. Onkel Jaap und Tante Nel heißen sie.
»Willkommen in Venhuizen. Ich bin Tante Nel, und das ist Onkel Jaap«, hat die Frau gesagt. »Jetzt seid ihr unsere Kinder.«
In letzter Zeit bekommt man einfach so neue Onkel und Tanten. Man muß sich daran gewöhnen, Onkel und Tante zu sagen statt Herr und Frau.
Sie schlafen zusammen in einem Bett in einem richtigen Zimmer, nicht mehr irgendwo im Flur wie bei der vorigen Adresse.
»Glaubst du, daß diese Leute lieb sind?« fragt Esther.
«Ich denke schon. Gestern abend waren sie's jedenfalls.«
Vor allem der Onkel hat ein liebes Gesicht.
So liegen sie und unterhalten sich. Es ist Morgen. Sie stehen noch nicht auf, denn die Frau hat gesagt, daß sie sie rufen wird. Bis es soweit ist, spielen sie alle möglichen Spiele.
»Ich seh etwas, was du nicht siehst«, sagt Esther. »Und das ist grün.«
»Gras«, sagt sie.
»Dummkopf, hier ist doch kein Gras.«
»Draußen schon.«

»Vielleicht dürfen wir hier hinaus?«
»Ja, vielleicht.«
Sie hören Schritte auf der Treppe. Die Frau kommt ins Schlafzimmer. Sie zieht die Vorhänge zurück.
»Morgen müssen wir die Vorhänge früher aufmachen, die Nachbarn haben schon gefragt, ob ich Gäste habe. Hier im Dorf paßt jeder auf den anderen auf, und niemand darf wissen, daß ihr hier seid.«
»Natürlich nicht«, sagt Esther.
»Wenn ihr fertig seid, dürft ihr ein bißchen in den hinteren Garten.«
»Siehst du!« Esther klatscht in die Hände. »Habe ich es dir nicht gesagt?«
Der Mann und die Frau haben schon gefrühstückt. Deshalb essen nur sie beide zusammen.
»Ich finde es schön bei euch«, sagt Esther.
»Fein«, sagt die Tante. »Kommt nur, ihr dürft hinaus.«
Die Tante macht die Tür auf.
Esther bleibt in der Küche stehen. »Dürfen wir wirklich?«
»Natürlich.«
»Und die Moffen?«
»Heute sind keine Moffen hier, und wenn sie kommen, verstecken wir euch noch besser.«
»Wo?«

»Das erzähle ich euch noch.«

Jetzt stehen sie draußen. Vom Garten aus sehen sie die Wiesen. Alles ist grün.

»Wie schön«, flüstert sie. »Da ist die Sonne, und da... ganz weit weg sehe ich Häuser. Darf ich jetzt hinein?«

»Hast du Angst?« fragt die Tante.

»Ja, sehr große.«

Als der Onkel mittags von der Arbeit nach Hause kommt, erzählt ihm die Tante, daß sie im Garten gewesen sind. »Ria hatte Angst«, sagt sie. »Das arme Kind hat sich nicht getraut, draußen zu bleiben.«

»Wie lange bist du nicht draußen gewesen?«

»Sehr lange, schon mehr als ein Jahr.«

»Ich werde von der Arbeit eine Schilfmatte mitbringen«, verspricht der Onkel. »Die machen wir rund um den Garten, und dann braucht ihr keine Angst mehr zu haben. Ihr braucht ein bißchen Sonne auf eure weißen Schnäuzchen.«

Sie schaut den Onkel an. »Sie sind ein netter Herr«, sagt sie.

Kommunikation mit dem Lager Westerbork

Es wird darauf hingewiesen, daß Telegramme, Eilbriefe und anderes Postgut, das direkt an das Lager Westerbork gerichtet wird, zu beträchtlichen Verzögerungen bei der Bearbeitung dringlicher Angelegenheiten führt.

Das Senden von Telegrammen ist zu unterlassen, auch der Versuch, telefonischen Kontakt mit dem Lager Westerbork zu bekommen. Die Interessen derjenigen, für die man meint, sich einsetzen zu müssen, werden besser gewahrt, wenn man sich mit der *Abteilung Westerbork des Judenrates für Amsterdam, Lijnbaansgracht 366 in Amsterdam* in Verbindung setzt.

Das gilt auch für diejenigen, die außerhalb Amsterdams wohnen; diese tun gut daran, sich direkt an den örtlichen Vertreter des Judenrates zu wenden, der sich dann mit der Abteilung Westerbork des Judenrates in Amsterdam in Verbindung setzt.

Razzia

»Wißt ihr, was eine Razzia ist?« fragt der Onkel, als sie mittags am Tisch sitzen.

»Ja«, sagt Esther. »Dann kommen die Moffen und suchen einen, und wenn sie einen gefunden haben, muß man mit ihnen gehen, und dann wird man geschlagen.«

»Fast richtig, kleines Mädchen«, sagt der Onkel. »Es bedeutet, daß sie Menschen suchen, die untergetaucht sind, aber es bedeutet auch, daß sie einfach Leute auf der Straße anhalten. ›Halt, mitkommen, du bist verhaftet‹, sagen sie dann. Wenn eine Razzia ist, müßt ihr euch hinter dem Schrank in der guten Stube verstecken. Ich zeige euch, was ich meine.«

Der Onkel geht mit ihnen in die gute Stube, in der sie immer am Sonntag Kaffee trinken.

»Hier ist der Schrank«, sagt er und deutet darauf. »Darin müßt ihr euch verstecken und ganz still sein. Das muß ich euch einschärfen, denn es ist zu eurem Besten.«

»Zu meinem Besten auch?« fragt Esther.

Der Onkel lacht. »Ja, zu deinem Besten auch. Weißt du, was die Moffen manchmal tun? Wenn sie vermuten, daß irgendwo Leute untergetaucht sind, dann gehen sie hinein. Sie stellen das ganze

Haus auf den Kopf, und wenn sie niemanden finden, setzen sie sich eine Weile mucksmäuschenstill in ein Zimmer. Sie warten, bis die Untergetauchten sich selbst verraten, indem sie Geräusche machen. Manchmal schießen sie durch Wände und Schränke.«

»Was für unheimliche Geschichten, Onkel.«

»Unheimlich, ja, aber leider notwendig.«

»Dürfen wir jetzt in den Schrank?« fragt Esther.

»Ja, tut das mal. Wartet, ich gehe zuerst.«

Der Onkel drückt gegen eine Holzwand, die die Rückseite des Schrankes ist.

Die Wand öffnet sich wie eine Tür.

»Geht rein«, sagt der Onkel. »Wenn ihr hinter die Wand gekrochen seid, rückst du das Holz an seinen Platz, und niemand kann sehen, daß ihr dahinter sitzt. Das ist sehr sicher so.«

Sie machen, was der Onkel gesagt hat. Zuerst geht Esther in den Schrank, dann sie. Es ist sehr dunkel. Sie kann die Wand nur ertasten und rückt sie nach dem Gefühl so, wie es der Onkel erklärt hat.

»Und jetzt still sitzen«, sagt sie zu Esther.

Sie sprechen nicht miteinander. Sie sitzen und warten.

Sie hört, wie die Tante abwäscht. Sie hört, wie der Onkel ein Lied pfeift.

Nach einer langen Stunde ruft der Onkel: »Kommt

raus! Tu das Holz einfach zur Seite. Ihr habt eine Viertelstunde geübt. Jetzt ist es genug.«
»Eine Viertelstunde?« sagt sie, als sie wieder im Zimmer stehen. »Es war mindestens eine Stunde.«
»Das kommt dir nur so vor. Es war bloß eine Viertelstunde. Ihr seid schön still gewesen, wirklich gut.«
»Ich will nie mehr in den Schrank«, sagt sie.
»Ich hoffe, daß es nie mehr nötig ist«, antwortet der Onkel.

Aber es muß doch sein. Außer Atem kommt Onkel von der Arbeit nach Hause.
»Schnell, hinter den Schrank. Es gibt eine Razzia!« ruft er. Sofort gehen sie zum Schrank. Sie wissen genau, was sie machen müssen. Onkel nimmt die Rückwand weg.
»Schnell«, flüstert er. »Denkt daran, nicht bewegen und ganz still sein. Ich rufe euch, wenn alles vorbei ist.«
Esther ist schon hinter dem Schrank. Nun sie noch. Sie kriecht hinein. Die Hände zittern ihr so, daß sie die Wand kaum an die richtige Stelle rücken kann. Aber dann gelingt es doch. Sie setzt sich hin.
»Au, du sitzt auf mir drauf«, flüstert Esther. »Geh runter von mir.«

»Pssst!« Sie legt den Finger an die Lippen, aber sie weiß, daß Esther das im Dunkeln nicht sehen kann.
Ganz still sitzen sie und halten sich an den Händen. Draußen hören sie das Geräusch eines Autos. Sie hören, wie zweimal eine Autotür zugeschlagen wird.
»Da sind sie«, flüstert Esther. »Ich habe Bauchweh.«
»Still!«
Es wird geklingelt. Sie hören, wie die Tante zur Tür geht.
»Nein«, sagt die Stimme der Tante auf deutsch. »Ich habe sie nicht gesehen. Vielleicht dort drüben.«
»Moffen«, weint Esther. »Ich höre Moffen.«
Sie hört, wie die Haustür zugemacht wird.
Sie drückt Esthers Hand. Esther drückt zurück.
Ganz still ist es im Haus. Sie hören niemanden.
Sie sind drinnen, denkt sie. Jetzt schießen sie durch den Schrank.
Sie fühlt, wie sie am ganzen Leib anfängt zu zittern.
Dann... ein Schuß.
»Nein«, ruft sie. »Nicht schießen. Nehmt uns fest. Hier sind wir. In dem Schrank.«
Es wird an die hölzerne Wand geklopft. »Pst«, ruft

jemand, und dann kommt die Stimme des Onkels: »Noch ein bißchen aushalten!«
Totenstill sitzen sie nun. Sie fühlt, daß sie in die Hose gemacht hat, aber es ist ihr egal. So wird sie wohl sitzen bleiben, bis der Krieg vorbei ist.
Wieder wird an die Wand geklopft.
»Mach doch auf!« ruft der Onkel.
Sie bewegt sich nicht.
»Los, es ist sicher.«
Sie nimmt das Holz weg. Sie können fast nicht aus dem Schrank steigen, so steif sind sie.
Hand in Hand stehen sie in der guten Stube.
»Ach, ach«, seufzt der Onkel und wischt sich mit einem Taschentuch übers Gesicht. »Das wäre fast schiefgegangen. Zum Glück sind sie nicht im Haus gewesen.«
»Ich habe schießen gehört«, sagt sie.
Der Onkel sagt nichts.
»Ich habe schießen gehört«, sagt auch Esther.
»Das stimmt«, sagt der Onkel. »Bei Bauer Laan, zwei Häuser weiter, war auch ein jüdisches Mädchen untergetaucht. Sie haben sie erschossen.«
Der Onkel weint, und sie weinen mit.

Heilig

Seit sie untergetaucht ist, hat sie viele schöne Bücher über Heilige gelesen. Über die heilige Bernadette, über die heilige Jeanne d'Arc, über die heilige Theresia. Sie wäre gerne so heilig, aber sie ist ja überhaupt nicht katholisch. Eine jüdische Heilige hat es bestimmt nie gegeben.

»Ich will katholisch werden«, sagt sie zur Tante.

Die Tante ist überrascht.

»Meinst du das wirklich?« fragt sie. »Gut, der Pfarrer weiß ja, daß ihr hier seid. Wir können ihn fragen, ob er mal abends herkommt zum Reden.«

»Ich will auch katholisch werden«, sagt Esther.

»Ja, über dich reden wir auch«, verspricht die Tante.

Abends sitzt der Herr Pfarrer bei ihnen in der Küche. »Ria und Maaike wollen katholisch werden«, sagt die Tante.

»Das ist eine gute Entscheidung«, sagt der Herr Pfarrer und nickt. »Morgen werde ich mit den Eltern reden. Ihr hört wieder von mir.«

Am nächsten Tag sprechen sie über die Taufe.

»Ihr dürft dafür mit in die Kirche«, sagt die Tante. »Ich werde eure Schuhe putzen, und ihr kriegt Blumen in die Haare.«

Sie werden ganz fröhlich dabei. Untergetaucht sein und doch hinausgehen. Wie ist das möglich?
»Wenn ich getauft bin, werde ich später heilig«, sagt sie. »Genau wie Bernadette und Jeanne und Theresia.«
Aber der Herr Pfarrer bringt eine traurige Nachricht.
»Die Eltern wollen nicht, daß sie getauft werden. Das können sie später nachholen, wenn sie es selbst entscheiden können und es immer noch wollen, hat der Vater gesagt.«
Sie muß schrecklich weinen. Nichts ist es mit einem Ausflug zur Kirche. Nichts mit den Blumen, und heilig werden kann sie auch nicht.
»Ich sehe, daß du weinst«, sagt der Herr Pfarrer. »Das ist gut. Nun seid ihr Märtyrerinnen für den Glauben. Bevor die heilige Bernadette und die heilige Jeanne und die heilige Theresia heiliggesprochen wurden, waren sie Märtyrerinnen. Das seid ihr jetzt auch. Ich habe von der Tante gehört, daß ihr jeden Tag betet. Tut das auch weiterhin.«
»Amen«, sagt sie.
»Amen«, sagt Esther.

Rita

Sie träumt von Rita. Fast jede Nacht sieht sie sie. Sie spielen dann miteinander, sie reden miteinander. Sie lachen.

Rita war ihre beste Freundin, als sie noch mit nichtjüdischen Kindern in einer Klasse sitzen durfte. Rita saß neben ihr in der Bank, bis es von den Moffen verboten wurde. Wenn sie aufwacht, weiß sie nicht mehr genau, wie Rita aussieht, aber wenn sie träumt, sieht sie sogar das Muttermal auf ihrer Backe. Sie träumt gern von Rita, aber manchmal wird sie ganz traurig davon. Sie möchte sie so gern mal wieder wirklich sehen, sie anfassen.

Heute ist Sonntag. Sie sitzen in der guten Stube. Heute dürfen sie hinausschauen. In der guten Stube steht die Fensterbank voller Blumentöpfe. Ordentlich in einer Reihe stehen alle möglichen Pflanzen. Rote, lilafarbene, weiße.

Esther und sie dürfen sich an das Fenster knien und zwischen den Blumentöpfen hinausschauen. So kann niemand sehen, daß sie da sind.

Sie freuen sich die ganze Woche auf den Sonntag, denn das ist der einzige Tag, an dem sie Leute aus der Nähe sehen können.

»Schau mal, ein Mädchen«, sagt Esther. »Sie tanzt mit einem Seil in der Hand.«

»Das heißt Seilspringen, Esther. Weißt du das nicht mehr?«
»Nein«, flüstert Esther.
Es ist seltsam. Wenn sie zwischen den Blumentöpfen hindurchschauen, flüstern sie immer. Als ob die Leute sie dann nicht sehen könnten.
»In einer halben Stunde gehen alle in die Kirche«, sagt die Tante.
Die Tante weiß, daß sie das schön finden, denn dann gibt es viel zu sehen. Die Zeit ist schnell um. Die ersten Kirchgänger gehen am Fenster vorbei.
»Schau, Esther, was für einen komischen Hut die Frau da aufhat. Er sieht aus wie eine Torte.«
Esther muß lachen.
»Pst, nicht so laut, Maaike«, sagt der Onkel.
Von der gebückten Haltung wird sie ein bißchen steif. Sie streckt den Rücken, aber sie paßt gut auf, daß sie nicht mit dem Kopf über die Fensterbank kommt. Sonst könnte sie ja jemand sehen!
Jetzt ist es ganz ruhig auf der Straße. Der Onkel schläft, und die Tante ist in die Küche gegangen, um das Essen vorzubereiten. Später dürfen sie noch schauen, wie die Leute aus der Kirche zurückkommen, und dann ist es wieder für eine Woche vorbei.
Sie schaut die leere Straße entlang. Wie gerne würde sie mal dort entlanglaufen.

Es ist schon so schrecklich lange her, daß sie hinaus durfte. Wäre es unheimlich in der Sonne?
Dort geht ein Mädchen. Sie hat einen Mantel an, der ihr viel zu groß ist. Das Mädchen kommt näher.
»Rita!« ruft sie. »Rita!«
»Pst, nicht so schreien«, flüstert Esther.
»Dort geht Rita. Rita, hier bin ich. Komm doch!«
Sie will an die Scheibe schlagen, aber sie tut es nicht. Statt dessen läßt sie sich auf den Boden fallen.
»Rita!«
Der Onkel ist aufgewacht.
»Was hast du denn?« fragt er.
Sie deutet aus dem Fenster. »Rita!« ruft sie.
Der Onkel rennt in die Küche. »Komm schnell, Nel«, ruft er. »Ria ist verrückt geworden.«
»Was ist denn los?« fragt die Tante, als sie hereinkommt.
»Dort«, schluchzt sie. »Dort geht Rita.«
»Wer ist Rita?«
»Das ist meine Freundin aus Rijswijk. Ich will mit ihr spielen.«
»Du Ärmste«, sagt die Tante. »Sie ist krank. So verrückt werden Kinder, wenn sie jahrelang drinnen sind. Sie denkt, daß sie eine Freundin aus Rijswijk sieht.«

»Ist das denn nicht so?« fragt der Onkel.
»Wirst du jetzt etwa auch verrückt?« sagt die Tante zu ihm.
»Das kann aber stimmen.«
Sie sieht, daß der Onkel erschrickt.
»Ich habe vergessen, dir zu erzählen, daß hier gestern abend Kinder aus Rijswijk angekommen sind. Im Westen gibt es kein Essen mehr für sie.«
»Rita!« ruft sie. »Rita. Hier bin ich!«

Morgen schreiben Opa und Oma

»Noch ein paar Stunden«, sagt Tante Nel. »Dann ist es soweit.«
»Wieviel sind ein paar Stunden?«
»Zwei ungefähr, Maaike.«
»Wie schön«, jubelt Esther. »In zwei Stunden kommen mein Vater und meine Mutter zu Besuch.«
Endlich scheint kein Mond mehr. Jetzt ist es soweit, denn erst, wenn es draußen völlig dunkel ist, dürfen sie sich gegenseitig besuchen. Einmal im Monat kommen Papa und Mama zu ihnen, im nächsten Monat gehen sie dann zu Papa und Mama.
Die Tante hat Plätzchen gebacken. Sie hat noch ein

Arbeitsbeschaffung in Deutschland – Korrespondenz

Durch Vermittlung des Büros des Judenrates für Amsterdam, Waterlooplein 109, sind die ersten Briefe von Personen eingetroffen, die zur Arbeitsbeschaffung nach Deutschland – Birkenau, Oberschlesien – verzogen sind.

Sobald ein Bericht der Verzogenen das Zentralbüro erreicht, werden die Empfänger sofort davon in Kenntnis gesetzt. Anfragen nach Briefen sind daher zwecklos, falls man nicht im voraus benachrichtigt wurde.

Korrespondenz mit Personen in Birkenau ist ausschließlich über dieses Büro zu führen, und zwar in einem unverschlossenen, unfrankierten Umschlag, auf dem nur folgendes stehen darf: Name und Geburtsdatum des Empfängers, und auf der Rückseite der Absender.

bißchen echten Tee, und den werden sie heute abend aufbrauchen.
»Für so hohen Besuch muß man was auftischen«, hat der Onkel gesagt. »Hoher Besuch bekommt echten Tee, keinen Tee-Ersatz. Das ist nur nachgemachtes Zeug.«

»Guten Abend miteinander!«
Vater und Mutter stehen schon in der Küche. Sie haben es nicht gemerkt.
»Guten Tag. Guten Tag, Kinder.«
Mama betrachtet sie von oben bis unten. »Du bist wieder gewachsen, Ria. Wie ist das möglich, in einem einzigen Monat?«
»Kannst du mich nicht Rachel nennen, Mama? Ich kann den Namen Ria nicht leiden.«
»Also gut. Dann aber ganz leise: Guten Tag, Rachel.«
»Guten Tag, Mama.«
»Setzt euch, Leute. Schön, daß ihr da seid.«
Der Onkel stellt noch zwei Stühle um den Tisch. Nun sitzen sie zu sechst in der warmen Küche.
Sie trinken Tee, sie essen Plätzchen. Wie gemütlich. Wenn es nur immer so bleiben könnte!
Papa sagt heute abend nicht soviel wie sonst. Ob er etwa krank ist?
»Bist du krank, Papa?«

»Wie kommst du darauf?«
»Nur einfach so. Weil du gar nichts sagst.«
»Nein, krank bin ich nicht.«
»Ria hat sich ein schönes blaues Hemd gestrickt«, sagt die Tante. »Hol es doch mal runter.«
Sie steht auf und geht zum Flur. Als sie die Treppe hinaufsteigen will, fühlt sie, daß jemand an ihrem Rock zieht. Sie schaut sich um. Es ist Vater.
»Warte mal«, flüstert er. »Ich muß dir was sagen, aber denk daran, Mama darf es nicht wissen. Ich erzähle es ihr erst nach dem Krieg.«
»Was ist los, Papa?«
»Opa und Oma sind geschnappt worden, zusammen mit Annie und Trijn.«
Sie setzt sich auf die Treppe.
»Nein«, sagt sie. »Sag, daß du nur Spaß gemacht hast. Es ist doch nicht wahr?«
»Es ist wahr.«
»Sie kommen nie mehr zurück. Sie sind schon so alt.« Sie weint.
Vater holt sein Taschentuch hervor.
»Schnell, weg mit den Tränen. Wir müssen wieder hinein. Nimm dich zusammen. Mama darf nichts merken, und erzähle es auch Esther nicht. Du bist schon groß genug... Der Onkel und die Tante wissen es schon, aber sie wollten, daß ich es dir selbst sage.«

»Warum wollte ich eigentlich hinaufgehen?«
»Du solltest dein Hemd holen.«
»Ach ja, stimmt.«

»Was habe ich für eine tüchtige Tochter«, sagt Mama, als sie mit dem Hemd in die Küche kommt. »Ich habe gar nicht gewußt, daß du so schön stricken kannst.«
»Ich stricke sehr viel«, sagt sie.
Sie reden ein bißchen miteinander. Sie reden über den Krieg und über den Frieden, der einmal kommen wird. Sie reden über den Tee und über die lekkeren Plätzchen.
»Wie gut haben wir es heute abend«, sagt Mama. »Und ich habe so ein frohes Gefühl. Es ist schon eine Weile her, daß ich einen Brief von meinen Eltern bekommen habe. Ich fühle, daß ich morgen einen Brief kriege, oder jedenfalls übermorgen.«
»Komm, wir müssen gehen.« Vater steht auf. »Auf Wiedersehen, Nel, vielen Dank für die Plätzchen und den Tee. Auf Wiedersehen, Kinder. Bis zum nächsten Monat.«

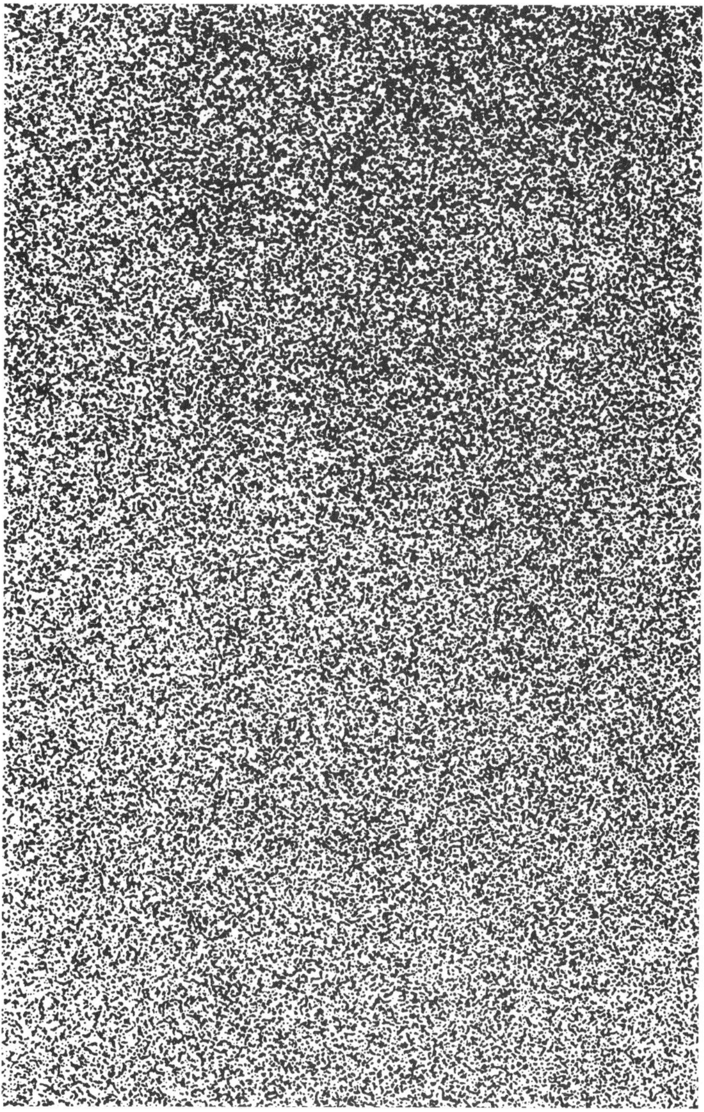

Hallo, Esther

Esther ist in der letzten Zeit sehr traurig. Sie will zu Papa und Mama. Wenn sie abends im Bett liegen, sagt sie die seltsamsten Sachen.
»Heute nacht, wenn du schläfst, Rachel, mache ich das Fenster auf, und dann rutsche ich die Regenrinne hinunter. Dann gehe ich zu Papa und Mama. Ich weiß, wo sie sind. Bei Tante Geertje und Onkel Piet.«
»Das tust du nicht. Du könntest geschnappt werden.«
»Nein, Gott wird mich beschützen. Das hat die Tante selbst gesagt.«
»Du tust das nicht!«
Wie kann sie erreichen, daß Esther an etwas anderes denkt? Tagsüber fängt sie auch schon an: »Wenn niemand schaut, gehe ich weg. Eines Tages bin ich verschwunden.«
Die Tante kommt in die Küche. »Ich muß einkaufen. Paßt ihr gut aufeinander auf?«
»Nein«, sagt Esther.
»Esther, wenn der Krieg vorbei ist, spielen wir draußen, und wir dürfen dann auch wieder bei unserem Vater und unserer eigenen Mutter wohnen.«
»Wann? Nächste Woche?«

»Das glaube ich nicht.«
»Mit wem werden wir draußen spielen?«
»Mit unseren Freunden und Freundinnen.«
»Wie heißen sie?«
»Pietje und Grietje. Jansje und Hansje. Nora und Dora. Jetzt mußt du dir was ausdenken.«
»Tineke und Barend und Pupsi und Pippi.«
»Nein, es muß sich reimen.«
»Oh, Tineke und Lineke. Joke und Toke. Bessie und Jessie, und jetzt gehe ich pinkeln.«
»Gut, geh nur. Kommst du gleich wieder zurück?«
»Wenn ich fertig gepinkelt habe.«
Es dauert lange, bis Esther zurückkommt. Sie wird mal schnell nachschauen, ob sie vielleicht irgendwo sitzt und weint. Esther weint oft auf dem Klo. Das hat sie ihr selbst erzählt.
Sie geht auf den Flur. Die Tür vom Klo ist offen.
Sie läuft zur Tür hin. Das Klo ist leer! Esther ist weg. Sie ist bestimmt zu Papa und Mama gegangen. Es ist ihre Schuld, wenn Esther geschnappt wird. Sie hat nicht richtig aufgepaßt. Was soll sie tun, und was wird die Tante sagen?
Sie sieht noch eine Tür offenstehen, die Tür zur Straße. Nun muß sie hinausgehen, Esther suchen.
Sie geht zur Tür hinaus. Auf dem Gartenweg steht

Esther. Sie steht ganz still, schirmt mit einer Hand die Augen ab und schaut zum Himmel hinauf.

»Komm herein, Esther!« ruft sie.

»Ich gehe lieber doch nicht«, sagt Esther. »Gott kann mich nicht beschützen, denn es gibt ihn nicht. Sonst hätte er doch jetzt hinter einer Wolke hervorgeschaut und mir gesagt: ›Hallo, Esther, bist du's? Schön, daß ich dich auch mal draußen sehe.‹«

Fast frei

»Ich glaube... ich glaube...« sagt der Onkel.

»Was glaubst du, Jaap? Du sollst uns keine Rätsel aufgeben.«

»Ich glaube, daß der Krieg zu Ende geht. Irgend etwas ist los.«

Sie hält ein Buch auf dem Schoß, aber sie liest nicht. Angenommen, der Onkel hätte recht und es wäre alles bald vorbei.

»In sechs Tagen ist der zehnte Mai. Dann ist es fünf Jahre her, daß sie unser Land überfallen haben.« Die Tante seufzt.

»Wenn wieder der zehnte Mai ist, haben wir gesiegt«, sagt der Onkel. »Dann haben wir die verdammten Moffen rausgejagt.«

Noch nie hat sie gehört, daß der Onkel so redet. So kämpferisch.

»Esther«, sagt sie fröhlich. »Nur noch ein bißchen, dann laufen wir wieder draußen herum.«

»Wir? Draußen? Das dürfen wir doch nicht, wegen der Moffen.«

»Der Onkel sagt, daß der Krieg bald vorbei sein wird. Hast du das nicht gehört?«

»Nein, ich lese.«

»Oh.«

»Meine Damen, aufgepaßt!« ruft der Onkel. »Ich werde jetzt Radio hören. Von England aus werden sie uns mehr berichten können.«

Seit sie bei dem Onkel und der Tante untergetaucht sind, haben sie regelmäßig Nachrichten aus England hören dürfen. In mehreren Sprachen werden die Nachrichten gesendet. Auch auf niederländisch.

»Hier ist Radio Oranje, die Stimme der kämpfenden Niederlande!« So fängt jede Sendung an. Die Moffen haben verboten, daß man die Nachrichten aus England hört, und deshalb steht das Radio in einem Schrank auf dem Dachboden.

»Laßt den Onkel heute abend mal allein hinaufgehen«, sagt die Tante. »Wir spülen zu dritt ab. Es ist fast halb neun. Wenn der Onkel von oben kommt, sind wir fertig.«

Die Tante spült. Esther und sie trocknen ab.
»So, gleich haben wir's geschafft, Mädchen. Zum Glück.« Die Tante kippt die Spülschüssel aus. »Fertig«, sagt sie. »Und jetzt warten wir nur noch auf den Onkel.«
Sie brauchen nicht lange zu warten. Unter lautem Gepolter kommt er die Treppe herunter. Dann steht er mit erhobenen Armen in der Küche.
»Es ist passiert!« ruft er. »Sie haben kapituliert.«
Er nimmt die Tante und hebt sie hoch.
»Wir sind frei, Nel! Wir sind frei! Und jetzt hinaus!«
Der Onkel macht die Vordertür auf und schreit: »Leute, Leute, kommt her und schaut! Wen haben Jaap und Nel so lange im Haus gehabt, ohne daß ihr es gewußt habt? Genau, Ria und Maaike, zwei jüdische Mädchen, und wir haben es geschafft! Wir haben es geschafft, Leute. Heute seht ihr hier draußen: Rachel und Esther Hartog, denn so heißen sie!«
Der Onkel spricht nicht weiter. Er ist jetzt sehr still. Sein Rücken ist gebeugt, und er hat die Hände vors Gesicht geschlagen. Was ist denn nur los mit ihm?
»Ich gehe nicht hinaus!« Esther wehrt sich. »Ich will nicht.«

»Ihr seid frei.« Der Onkel steht wieder gerade.
»Laß sie nur, Jaap. Vielleicht trauen sie sich morgen«, sagt die Tante. »Mädchen, Mädchen, wie bin ich glücklich, daß diese verdammten Moffen euch…«
»Schau mal, wen haben wir da? Schaut mal hinaus, Kinder. Nein, hier, einfach vor dem Fenster.«
Sie stellen sich ans Fenster des vorderen Zimmers, und was sehen sie? Draußen gehen Mama und Papa, einfach so am hellen Tag.
»Mama, Papa!« Sie rennt hinaus. Mitten auf der Straße bleiben Vater und Mutter stehen.
Sie umarmen sich. Sie weinen, sie lachen, sie tun alles gleichzeitig.
»Wo ist Esther?«
»Esther will nicht nach draußen, Mama. Sie hat Angst.«
»Schnell zu Esther«, sagt Vater und rennt zum Haus.
»Papa, Mama!«
Esther ist doch herausgekommen.
»Frei sind wir. Frei!« ruft Mutter. »Wir sind keine Untergetauchten mehr.« Zusammen gehen sie ins Haus. Der Onkel und die Tante sitzen in der Küche.
»Willkommen im freien Venhuizen«, sagt der Onkel zum Spaß.

»Jaap, Nel, ihr habt unsere Kinder gerettet. Wie soll ich euch danken?«
»Nicht danken«, antwortet die Tante. »Wenn man sich immer bedanken will, ist man nie wirklich frei. Komm, wir machen alle miteinander eine Ehrenrunde durch das Dorf.«
»Ich gehe nicht mit«, sagt Esther. »Es ist noch ein bißchen hell draußen.«

Auf Wiedersehen, Venhuizen

»Es ist nicht leicht«, sagt die Tante. »Wir haben so viel zusammen mitgemacht, und jetzt müssen wir Abschied nehmen. Ich wollte, das Auto wäre schon da.«
Das Auto, das sie zurück nach Rijswijk bringen soll, hat sich schon um eine Stunde verspätet. Nun, da sie so lange warten müssen, wird das Abschiednehmen immer schwieriger.
Heute morgen haben sie Onkel Jaap auf Wiedersehen gesagt. Sie haben ihm nachgeschaut, bis er um die Ecke verschwunden ist. Es war, als würde er auf seinem grünen Fahrrad immer schneller in die Pedale treten. An der Ecke hat er sich noch einmal umgeschaut, und weg war er.

Jude

Jetzt stehen sie bereit, um zurückzugehen, zurück zu Vater und Mutter, die schon vor drei Wochen weggegangen sind.
In welches Haus sie ziehen, wissen sie nicht. Vater und Mutter haben Unterschlupf bei einem Herrn gefunden, der in der Untertauchzeit seine Frau verloren hat. Mama wird jetzt wieder selbst für ihre Familie sorgen und außerdem für den Herrn und seine Tochter, Betty. Das hat Mama alles in einem Brief geschrieben.
»Wenn das Auto kommt, helfe ich euch beim Einsteigen, und dann gehe ich weg«, sagt die Tante. »Ich halte das nicht aus, wenn ich euch wegfahren sehe.«
»Wir kommen bald zurück, Tante«, verspricht sie. »Und vielleicht gefällt es uns in Rijswijk ja gar nicht. Dann kommen wir wieder nach Venhuizen.«
»Du bist ein liebes Mädchen«, sagt die Tante. »Du großer Gott, da kommt das Auto.«
Sie erschrickt. Nun müssen sie Abschied nehmen. Abschied sitzt bestimmt im Magen, denn da fühlt sie Stiche.
»Auf Wiedersehen, mein kleines Schwarzauge!« Die Tante hebt Esther hoch.
»Ich bleib hier«, sagt Esther weinend.
»Also geh schon.« Sie gibt ihr einen Schubs.

»Auf Wiedersehen, Tante, und noch mal vielen Dank.«
Die Tante antwortet nicht. Sie steht sehr ruhig auf dem Kiesweg. Dann geht sie zum Chauffeur des Autos.
»Mein Herr«, sagt sie. »Fahren Sie bitte vorsichtig, ja? Wir haben die zwei Kinder bei uns aufgenommen, damit wir sie mit heiler Haut ihren Eltern zurückgeben können.«
Der Chauffeur schaut die Tante an.
»Haben Sie kein Taschentuch? Hier ist meines.« Er drückt der Tante ein rotes Taschentuch in die Hand.
»Hier, behalten Sie es ruhig. Ich verstehe alles. Ich habe selbst Untergetauchte gehabt. Wir sind sozusagen Kollegen.«
Die Tante lacht wieder.
»So ist es recht«, sagt der Chauffeur. »Ich muß noch mehr untergetauchte Kinder abholen und sie zurückbringen, aber ob es zu ihren Eltern ist... Ich weiß es nicht!«
»Ich gehe jetzt! Auf Wiedersehen, Mädchen!« Die Tante fängt an zu laufen.
»Auf Wiedersehen, Tante!«
»Da geht sie«, sagt Esther. »Ganz allein.«
»Betet ihr nur für eure Tante«, sagt der Chauffeur.

»Wir fahren.« Er startet den Motor.
»Auf Wiedersehen, Venhuizen«, rufen sie. »Bis bald.«

Zurück

»Guten Tag, mein Herr, ich bin Ria«, sagt sie, als sie das Haus betritt, in dem Vater und Mutter schon seit drei Wochen wohnen.
»Dummes Mädchen, du heißt doch nicht mehr Ria«, sagt Mama.
»Ach ja, stimmt. Rachel heiße ich.«
»Und ich bin Onkel Barend«, sagt der Herr. »Das ist meine Tochter Betty. Ich hoffe, daß ihr euch gut versteht. Mit euren Eltern und mir klappt es zum Glück prima. Sie haben einen Unterschlupf, und ich habe jemanden, der Betty und mich versorgt.«
Betty nickt.
»Essen!« ruft Mutter, als sie das Haus betrachtet haben. »Alle an den Tisch! Rachel, du da, und Esther da.« Mutter deutet auf die andere Seite des Tisches.
»Ich will neben Rachel sitzen, Mama.«
»Na gut, wie du willst.«
Sie sitzen miteinander um den Tisch.

»Guten Appetit«, ruft Onkel Barend. »Fangt ihr noch nicht an, Kinder?«
»Wir müssen noch beten«, sagt Esther. Sie schlägt ein Kreuz und faltet die Hände.
»Beten?« Onkel Barend schaut Esther mit großen Augen an.
»Ja, beten, das haben wir bei unserem Onkel und unserer Tante auch immer getan. Im Namen des Vaters und des Sohnes und des…«
»Schluß damit, verdammt noch mal!« Onkel Barend schlägt laut auf den Tisch. »Ihr seid jüdische Kinder. In meinem Haus wird nicht auf nichtjüdische Art gebetet. Seid ihr verrückt geworden? Ich habe es Betty auch verboten. Sind wir etwa deshalb zurückgekommen, um zu beten wie die Nichtjuden?«
Esther sitzt noch immer mit gefalteten Händen da. Sie selbst hat ihre Hände erschrocken auseinandergefaltet.
»Guten Appetit«, sagt Onkel Barend und stopft sich ein Stück Kartoffel in den Mund.
Als Vater und Mutter sie abends ins Bett bringen, sagt Esther: »Onkel Barend ist ein Mistkerl, und ich finde dieses Haus klein und eklig.«
»Pst, nicht so laut«, sagt Mutter. »Onkel Barend ist arm dran. Er hat in der Untertauchzeit seine Frau verloren. Er meint es nicht so böse. Freuen wir uns,

daß wir euch nach so vielen Jahren wieder selbst ins Bett bringen können. Verderben wir uns das doch nicht mit Jammern.«

»Weißt du noch, wie ich dich früher ins Bett gebracht habe?« fragt Vater.

»Ich glaube nicht«, sagt Esther.

»Ihr habt euch aufrecht ins Bett gestellt, und dann habe ich euch umgeblasen.«

»O ja, das stimmt. Sollen wir das wieder machen?«

Esther steht schon auf dem Bett. Vater bläst die Backen auf.

»Eins, zwei, drei.« Sie fühlen, wie Vater bläst, und dann lassen sie sich umfallen.

»Genau wie früher«, sagt Vater. »Wie ist das möglich?«

Betty kommt herein, im Nachthemd. »Ich will bei den Mädchen schlafen«, sagt sie.

»Gut«, sagt Vater. »Geh mal in dieses Bett. Wenn wir schlafen gehen, legen wir dich in das Zimmer zu deinem Vater. Wir liegen hier, bei unseren Kindern. Und jetzt die Augen zu. Gute Nacht!«

»Gute Nacht!« rufen sie.

»Wer hätte gedacht, daß ich meine eigenen Kinder jemals wieder selbst ins Bett bringen könnte«, hört sie Mutter sagen.

»Gute Nacht!« ruft Vater vom Flur aus.

»Wie alt bist du eigentlich?« fragt Esther Betty, als Vater und Mutter nach unten gegangen sind.
»Ich bin neun, und ich habe keine Mutter mehr. Sie ist gestorben, im Krieg, und sie ist im Garten von unserem Untertauchhaus begraben. Es war zu gefährlich, sie auf dem Friedhof zu begraben. Zuerst, als ich gerade zurück war in Rijswijk, habe ich es sehr schlimm gefunden, daß meine Mutter so allein im Garten liegt, aber jetzt nicht mehr. Vor dem Schlafen bete ich für sie. Sie hört mich aus dem Himmel.«
»Beten? Das hat dein Vater doch verboten?«
»Ja, aber ich tu' es heimlich.«
»Wie betest du? Jüdisch oder katholisch oder protestantisch?«
»Katholisch, glaube ich, genau wie ihr vor dem Essen.«
»Dann beten wir mit für deine Mutter. Im Namen des Vaters und des Sohnes und des Heiligen Geistes...«
»Leise beten«, flüstert Betty. »Wenn wir jüdisch beten können, tun wir es laut.«
»Gegrüßest seist du Maria...«
»Pst!«

Bahnhof »Hollands Spoor«

»Ich weiß es genau«, sagt Mutter. »Heute kommen sie. Ich fühle es, Rachel.«

Sie glaubt es nicht. Es ist schon dreimal passiert, daß sie vergeblich zum Bahnhof gegangen sind, um Mamas Eltern abzuholen. Opa und Oma sollen aus dem Konzentrationslager Theresienstadt über Eindhoven nach Den Haag kommen. In einem Brief vom Roten Kreuz stand: »Bitte begeben Sie sich an die Rückseite des Bahnhofs ›Hollands Spoor‹.«

Nachdem sie dreimal dort gewesen sind, versteht sie, warum die Menschen aus dem Lager nicht an der Vorderseite ankommen dürfen. Die normalen Leute würden erschrecken. Sie hat die Ankömmlinge gesehen. Magere Menschen, graue Menschen, kranke Menschen und darunter auch kleine Menschen, die genauso alt sind wie sie selbst.

Noch einmal wird sie mitgehen. Dann nicht mehr. Aber sie möchte so gern dabeisein, wenn Opa und Oma ankommen. Sie will ihre Heimkehr miterleben.

»Komm, wir gehen mal wieder zum Zug«, sagt Vater seufzend.

Sie geht zwischen Vater und Mutter. Herrlich ist das, wenn man einfach nach draußen gehen darf.

Sie kann sich jetzt schon fast nicht mehr vorstellen, daß es noch vor ganz kurzer Zeit verboten war.
Die Straßenbahn bringt sie von Rijswijk nach Den Haag und hält vor dem Bahnhof. Sie gehen zur Rückseite des Gebäudes. Dort sieht sie, was sie nun schon dreimal gesehen hat.
An einem Tisch sitzt ein Herr mit einem großen Bogen Papier vor sich. Er hält einen goldenen Füller in der Hand. Gleich wird er damit die Namen der Menschen durchstreichen, die angekommen sind.
Sie warten schweigend. In der Ferne hören sie einen Zug.
»Da kommen sie«, sagt Mutter leise.
Sie schaut Mutter an. Sie weiß, wie man sich fühlt, wenn man seine Eltern nach langer Zeit wiedersehen soll, auch wenn es etwas ganz anderes ist, ob man aus einem Lager zurückkommt oder untergetaucht war.
Die Geräusche des Zuges werden lauter. Jetzt können sie den Zug nicht nur hören, sondern auch sehen. Er hält mit einem lauten Seufzer.
Die Türen gehen auf. Da sind sie wieder. Menschen in seltsamen Kleidern, die zu groß oder zu klein für sie sind.
»Da!« schreit sie. »Oma!«
»Wo?«

»Dort, Papa. Die Frau mit dem weißen Tuch um den Kopf.«
Papa sieht traurig aus. »Das ist nicht Oma. Oma ist viel größer.«
Das kleine Frauchen ruft etwas, aber sie können nicht richtig verstehen, was sie ruft und wen sie meint.
»Ich glaube, daß sie mich ruft«, sagt Mutter. »Ja. Es ist so. Hört nur!«
»Ruth, David, Rachel!« hören sie.
»Es ist doch Oma. Es ist meine Mutter!« Mama tanzt mitten auf dem Bahnsteig.
Sie will zu ihren Eltern rennen, aber sie wird von einem Polizisten zurückgehalten.
»Einen Moment! Erst müssen die Leute dort am Tisch registriert werden.« Er deutet auf den Mann mit dem goldenen Füller.
Opa und Oma sind schon fast an der Reihe. Sie können einander gut verstehen, wenn sie laut schreien.
»Wie geht es?«
»Gut.«
»Wo ist Esther?«
»Zu Hause.«
»Wirklich wahr? Sie ist nicht geschnappt worden?«
»Zum Glück nicht.«

Sie schreien sich weiter zu. Sie können nicht warten.
Mit ausgebreiteten Armen kommt Oma auf sie zu.
»Gott sei Dank, da sind wir wieder«, schluchzt sie.
Opa geht hinter Oma her. »Hineni«, sagt er feierlich, und sie weiß, daß er das früher auch immer gesagt hat. Es ist ein hebräisches Wort, und es bedeutet: »Hier bin ich.«
Sie reden, sie lachen, sie weinen. Sie fühlt Salz auf ihren Lippen. Salz von Tränen. Von wem sie sind, weiß sie nicht.
»Komm«, sagt Vater. »Gehen wir zu Esther. Wir wohnen miteinander bei Barend. Ihr könnt auch noch dazu.«
»Willkommen«, ruft Onkel Barend, als sie bei ihm im Flur stehen. »Geht nur rein. Esther kommt gleich. Sie ist mal kurz weg.«
»Setzt euch. Ich will euch verwöhnen, meine lieben Eltern.« Mama schaut sehr froh von Oma zu Opa. Sie kann gar nicht aufhören zu schauen.
Sie sieht ebenfalls zu Oma hin. Ob Oma das weiße Kopftuch nicht abtun will? Sie weiß, daß Oma sehr schöne Haare hat. Sie weiß noch, wie schön sie Omas Haare fand, wenn sie sie geflochten hatte. Das tat sie nur abends, wenn sie ins Bett ging. Tags-

über trug Oma einen Knoten, irgendwo auf dem Kopf.
Sie setzt sich auf Omas Schoß und streichelt ihr über die Backe.
»Komm mal näher mit deinem Ohr, Oma. Ich will dir was ins Ohr sagen. Nimmst du das Kopftuch ab? Es ist sonst so, als wolltest du gleich wieder weggehen.«
»Das will ich gern tun«, sagt Oma. »Aber du darfst nicht erschrecken.«
Oma bindet das Tuch auf. Ganz vorsichtig läßt sie es auf ihre Schultern gleiten. Dann schaut Oma sie fest an: »Ich bin sehr krank gewesen, und ich hatte Läuse. Darum bin ich so kahl.«
Sie streichelt über Omas Stoppelkopf. »Das macht nichts, Oma«, sagt sie. »Wenn man kahl gewesen ist, bekommt man viel schönere Haare.«
»Ist das wirklich wahr?« fragt Oma.
»Ich weiß es ganz genau«, sagt sie.

Spielsachen

Drei Wochen wohnen sie nun bei Onkel Barend und Betty. Das Haus ist zu klein, nachdem auch Oma und Opa dazugekommen sind.

»Heute gehe ich zum Bürgermeister und versuche, eine Wohnung für uns allein zu bekommen«, sagt Vater.
»Und wir?«
Sie sieht, daß Oma ein bißchen unruhig ist, weil sie nicht weiß, wohin sie mit Opa gehen kann.
»Ihr bleibt bei uns. Ich lasse meine Eltern nie mehr im Stich«, sagt Mama. »Nun, da wir uns nach soviel Elend wiedergefunden haben, bleiben wir zusammen. Wir bitten den Bürgermeister um eine große Wohnung.«
Papa ist weggegangen, er will um die große Wohnung bitten.
»Ich hoffe, es klappt«, murmelt Onkel Barend. »So geht es nicht mehr mit all den Menschen. Ich fühle mich, als wäre ich wieder untergetaucht. In der Untertauchzeit hatten wir auch so wenig Platz.«
»Das geht in Ordnung«, berichtet Vater, als er von dem Besuch beim Bürgermeister zurückkehrt. »Wir bekommen ein prächtiges Haus. Im Krieg hat ein N.S.B.ler darin gewohnt. Der N.S.B.ler sitzt jetzt im Gefängnis, und wenn er zurückkommt, muß er sich eine andere Wohnung suchen. Sie werfen uns jedenfalls nicht raus. Das hat der Bürgermeister versprochen. Und für euch habe ich eine Überraschung, Kinder. Ihr werdet euren Ohren nicht trauen.«

»Schnell, erzähl, Papa.«
»In dem Haus ist ein ganzer Haufen Spielsachen, die dürft ihr haben, weil euer eigenes Spielzeug von den Moffen gestohlen worden ist.«
»Hurra! Wir kriegen wieder Spielsachen!« Esther klatscht in die Hände. »Was ist es denn alles?«
»Puppen, sehr schöne, und Bären und ein Puppenhaus. So ein schönes Puppenhaus habe ich noch nie gesehen. Ich glaube, es hat an die zehn Zimmer.«
»Geh es gleich holen«, sagt Opa. »Ich will mich ja nicht in eure Angelegenheiten einmischen, aber...«
»Pa, ich bin kein Mof.« Vater wird ein bißchen böse. »Ich schleppe keine Sachen aus einem Haus, das mir noch nicht gehört. Wenn ich das täte, wäre ich nicht besser als die Moffen. Wir können einander wieder vertrauen, Pa. Wir sind nicht mehr in einem Konzentrationslager.«
»Gut, gut«, murmelt Opa. »Trotzdem finde ich...«
»Laß David mal, Pa. Ich habe mich auch nirgends eingemischt. Er bringt schon alles in Ordnung.«

»Hier ist unsere neue Wohnung«, sagt Vater, als sie am nächsten Morgen vor einem großen Haus stehen. »Geht hinein, Pa, Mu, Ruth, Kinder.«
Sie kommen in einen langen Flur.

»Was für ein prächtiger Marmor«, flüstert Mama. »Auf einmal sind wir ganz vornehme Leute.«
»Und jetzt die Spielsachen. Kommt mal mit«, sagt Vater, während er die Treppe hinaufsteigt.
Mit einer großen Bewegung öffnet er eine Tür. Esther darf als erste hineingehen. Dann folgen Vater und Mutter. Sie ist noch im Flur, als sie Vater sehr laut reden hört.
»Das kann nicht sein! Alles ist weg, das Puppenhaus, die Puppen, die Bären, alles!«
Zusammen mit Opa und Oma geht sie ins Zimmer
Da steht Vater. Mutter und Esther sitzen auf einem Bett.
»Verdammt, nicht mal Spielsachen gönnen sie meinen Kindern.«
Sie hat Mitleid mit Vater. »Macht nichts«, sagt sie und streichelt ihm über die Hand. »Ich habe noch ein Buch. Du weißt doch, das Buch, das ich auch beim Untertauchen immer bei mir hatte.«
»Ich habe auch noch ein Bilderbuch«, sagt Esther.
»Ihr seid lieb«, sagt Vater.
»Hab' ich es euch nicht gesagt? Man kann niemandem trauen. Auch in Holland nicht.« Opa geht aus dem Zimmer. »Ich warte unten«, sagt er.

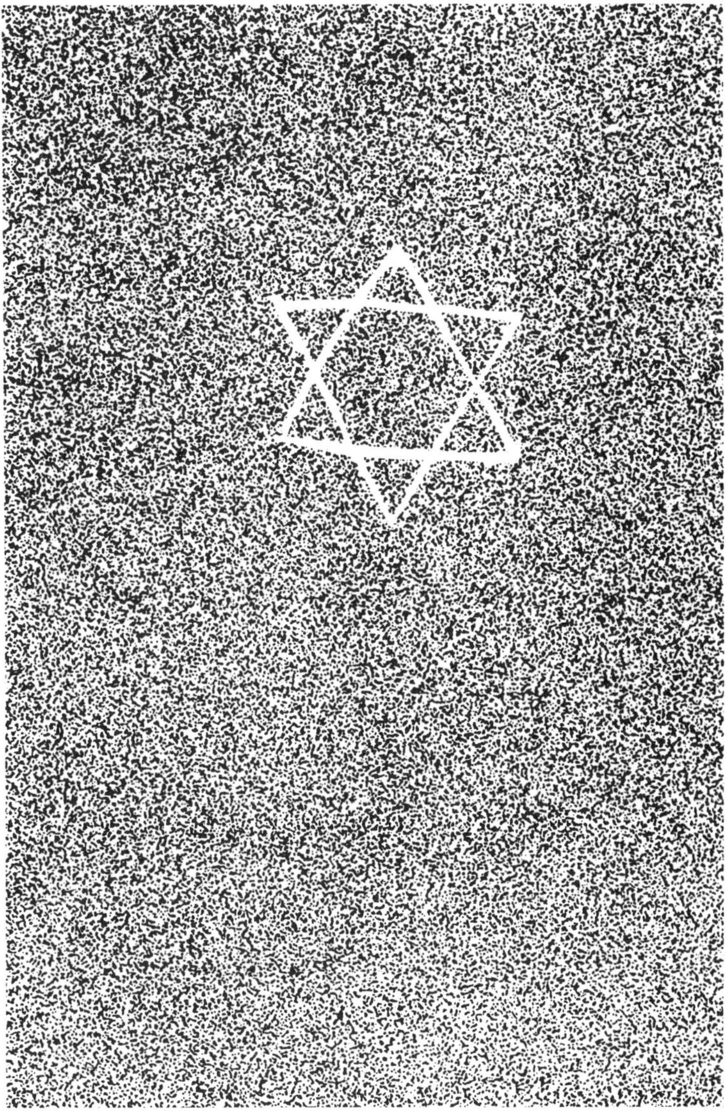

Opa geht spazieren

Seit Opa aus dem Konzentrationslager zurück ist, kann er nicht mehr ausschlafen. Früher war das ganz anders. Wenn sie bei Opa und Oma geschlafen hat, hat Oma sie immer geschickt, Opa aus dem Bett zu holen. Wenn sie rief: »Opa, aufstehen!«, zog er die Decke hoch, knurrte ein bißchen und schlief weiter. Bis Oma kam und rief: »Aufstehen, Faulpelz!« Dann erst kam er aus dem Bett.
Jetzt steht er jeden Tag um fünf Uhr auf. Er geht dann spazieren, jeden Morgen. Sie hat ihn einmal gefragt, ob sie mitgehen darf, aber es hat ausgesehen, als hätte Opa das sehr erschreckt. »Nein«, sagte er. »Nicht mitgehen. Das ist nicht gut für kleine Mädchen.«
Sie kann nicht verstehen, warum er das sagt. Sie hat so lange drinnen bleiben müssen, als sie untergetaucht war. Das war schlecht. Frische Luft ist doch gerade sehr gut für kleine Mädchen?
»Du mußt Opa nicht mehr fragen, ob du mit darfst«, hat Oma zu ihr gesagt. »Opa mag das nicht.«
»Warum nicht, Oma? Was tut Opa denn?«
Oma hat ihr keine Antwort gegeben. Sie wird nun nie mehr fragen. Sie benehmen sich beide so seltsam. Es hat bestimmt mit dem Lager zu tun.

Heute morgen ist Opa wieder früh weggegangen. Meistens warten sie mit dem Frühstück, bis er zurück ist, aber heute dauert es wirklich sehr lange.
»Eßt schon. Warte nicht auf Opa«, sagt Mutter. »Sonst kommst du zu spät zur Schule.«
Sie nimmt ein Butterbrot und beißt einen großen Bissen ab. Wie gut Brot mit Butter und Sirup schmeckt.
»Da ist er!« ruft Oma.
Opa hat es eilig. Er klingelt bestimmt zehnmal. Das ist noch nie passiert, seit er bei ihnen im Haus wohnt.
Opa steht im Zimmer. Er ist klatschnaß. Wasser tropft von seinem Hut auf seine Schultern. Trotzdem lacht er.
»Zieh den Mantel aus, Pa, alles wird naß.« Mutter hilft Opa aus dem Mantel. »Wie kommt das? Es regnet nicht. Was hast du gemacht?«
Opa gibt keine Antwort.
»Komm«, flüstert er. »Komm, Enkeltochter. Opa hat etwas Gutes für dich. Setz dich an den Tisch. Nicht schauen, bis ich bis drei gezählt habe.«
Sie tut, was Opa gesagt hat. Sie hält die Hände vor die Augen. Sie hört das Rascheln von Papier. Sie fühlt, wie Opa ganz nah zu ihr kommt und etwas auf ihren Teller legt.
»Eins, zwei, drei!« ruft Opa.

Sie schaut auf. Neben dem Sirupbrot liegt etwas, das aussieht wie Brot.
Sie merkt, wie ihr schlecht wird. Sie rennt zum Klo. Sie muß sich übergeben.
Aus dem Zimmer hört sie die laute Stimme von Oma: »Verdammt. Laß das doch! Du bist nicht mehr im Lager. Wir sind wieder in Holland. Hier braucht man kein verschimmeltes Brot mehr zu essen.«
Als sie sich wieder hineintraut, hört sie, wie Oma zu Mutter sagt: »Dafür hat er in Theresienstadt vierzehn Tage Bunker bekommen, und er kann es noch immer nicht lassen, Brot zu stehlen. Was sollen wir machen?«
»Ich gehe mit ihm heute nachmittag zu allen Bäkkern im Ort«, verspricht Mutter. »Dann kann er mit eigenen Augen sehen, daß man wieder Brot kaufen kann.«
Auf dem Weg zur Schule kommt Lia und geht neben ihr her. Sie hat eigentlich keine Lust zu reden. Sie muß noch immer an Opa denken, aber sie traut sich nicht, zu Lia zu sagen, daß sie lieber allein zur Schule gehen will.
»Ich hab' mich krank gelacht«, fängt Lia an. »Jeden Morgen kommt so ein alter, dreckiger Mann in unseren Garten. Er macht unsere Mülleimer auf und holt etwas heraus. Dann läßt er den Deckel

wieder zufallen. Heute morgen hat mein Vater einen Eimer Wasser über ihn ausgekippt, und wenn der Mann morgen wiederkommt, darf ich das machen und ihn tüchtig vollgießen!«
Mit erhobenen Fäusten stellt sie sich vor Lia hin.
»Das machst du nicht! Das machst du nicht! Hast du mich verstanden?«
Lia schaut sie erstaunt an. Sie fängt an zu lachen.
»Seit wann tun dir alte Männer so leid?«
»Seit... seit... heute morgen«, sagt sie, und dann rennt sie weg.
»Die ist doch komplett verrückt«, sagt Lia und tippt sich an die Stirn.

A 78366

Das Haus wird immer voller. Vor einer Woche ist Miep dazugekommen. Miep ist gerade zurück aus Auschwitz*.
»So, da bin ich. Eine Vertreterin aus Auschwitz hattet ihr noch nicht, was?«
Mit diesem Witz war sie hereingekommen.
»Ich bin zurück. Wir reden nur über angenehme

* Konzentrationslager in Polen

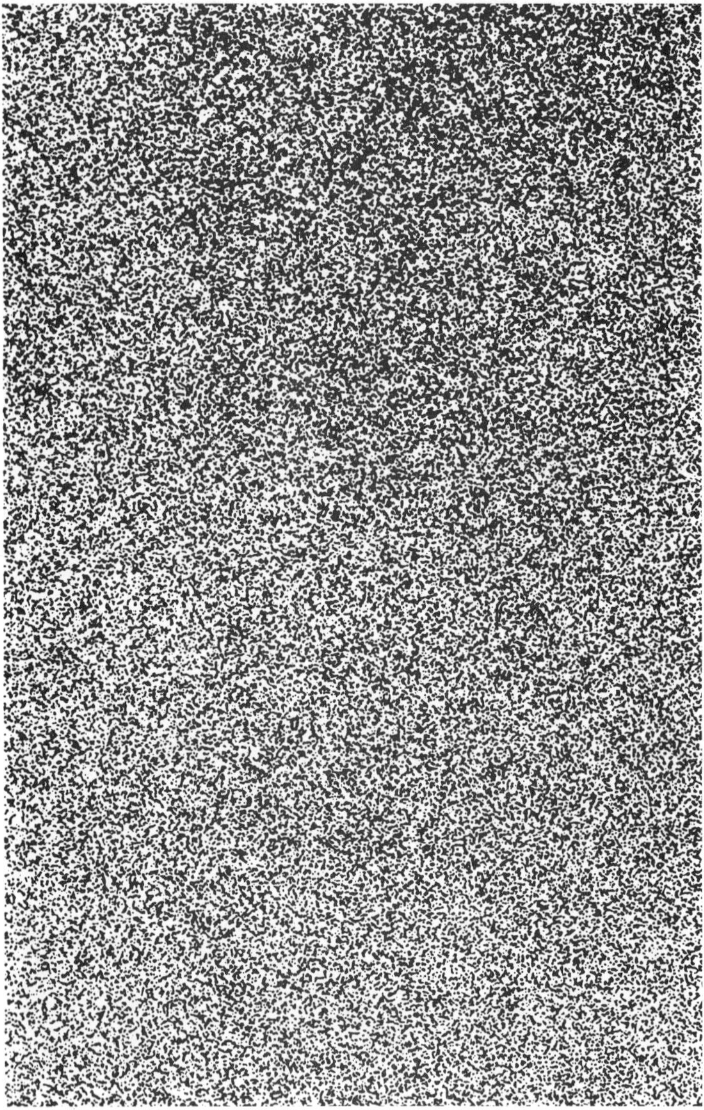

Dinge«, hat sie zu jedem gesagt, und alle halten sich an die Abmachung.
Miep sitzt neben ihr am Tisch. Miep legt ihren Arm immer neben den Teller. Dauernd muß sie den Arm betrachten, denn eine große blaue Nummer ist darauf gemalt: A 78366.
»Nicht gemalt«, hat Miep ihr erklärt, als sie danach gefragt hat. »Die Moffen haben sie hineingestochen, mit einer hohlen Nadel, in der eine Art Tinte war. Wenn sie was von einem wollten, haben sie die Nummer aufgerufen. Einen Namen hatten wir nicht mehr. Und jetzt reden wir wieder über angenehme Dinge.«
»Ja, Miep«, hat sie geantwortet. Ihr war ganz übel von dem, was sie über Auschwitz gehört hatte.
Morgen fährt sie zusammen mit Miep nach Scheveningen. Sie freut sich darauf. Aber was wird passieren, wenn sie beide in der Straßenbahn sind? Wird jeder nach der Nummer schauen? Und was werden die Leute denken? Miep wird die einzige sein, die eine Nummer auf dem Arm hat.
Abends im Bett kommt ihr eine Idee. Sie wird morgen auch eine Nummer auf dem Arm haben. Morgen früh, wenn sie sich gewaschen hat, wird sie ihre Stahlfeder nehmen und Zahlen in ihren Arm piken. Das Tintenfaß und die Feder legt sie gleich neben ihr Bett.

Am nächsten Morgen ist sie schon früh im Badezimmer. Danach setzt sie sich auf das Bett. Als sie den Deckel vom Tintenfaß geschraubt hat, taucht sie die Feder in das Blau. Sie fängt an, das A in ihren Arm zu piken. Ab und zu muß sie die Augen zukneifen, weil es so weh tut. Das findet sie aber nicht schlimm. Die Moffen haben Miep viel weher getan in Auschwitz.

Das A ist fertig. Nun kommen die Nummern: 7, 8, 3, 6. Aus der letzten Sechs macht sie eine Vier. Es braucht nicht genau dasselbe zu sein wie bei Miep. Als die Tinte getrocknet ist, zieht sie eine Strickjacke an. Niemand darf sehen, was sie getan hat. Außer Miep natürlich.

Gleich, wenn sie zusammen in der Straßenbahn sitzen, wird sie ihre Strickjacke ausziehen und sagen: »Schau, Miep, ich habe auch eine Nummer. Jetzt bist du nicht mehr so allein.«

Beim Frühstück sieht sie, daß Miep auch eine Strickjacke anhat. Sie muß ein bißchen darüber lachen.

»Frühstücken wir schnell, Miep, ja? Dann können wir gleich weg.«

»Genießt es ruhig«, sagt Mutter. »Jetzt geht es wieder.«

Als sie in der Straßenbahn sitzen, zieht Miep ihre Jacke aus.

Sofort wandern ihre Augen zu Mieps Arm.
Die Nummer... wo ist sie?
Sie schaut auf den anderen Arm. Vielleicht ist sie dort? Vielleicht hat sie nicht richtig geschaut.
Der andere Arm ist auch leer.
Miep deutet auf ein Pflaster.
»Ich habe was über meine Nummer geklebt«, sagt sie. »Es braucht ja nicht jeder zu wissen, daß ich in Auschwitz gewesen bin.«

Frau van Dalen, Sie wissen doch?

Eines Tages kommt Tante Jetje, die jetzt auch bei ihnen wohnt, sehr traurig nach Hause.
»Es ist wieder passiert«, sagt sie. »Ich habe genug davon.«
»Mach dir nichts draus. Die Leute wissen es nicht besser.« So versucht Oma, Tante Jetje zu trösten. »Du mußt dich daran gewöhnen. Es liegt daran, daß du gerade erst aus Amerika zurückgekommen bist. Wir sind schon ein bißchen damit vertraut.«
»Muß ich immer wieder erzählen, daß Annie und Bram und die kleine Ineke ermordet worden sind?«
»Ja, es bleibt nichts anderes übrig.«

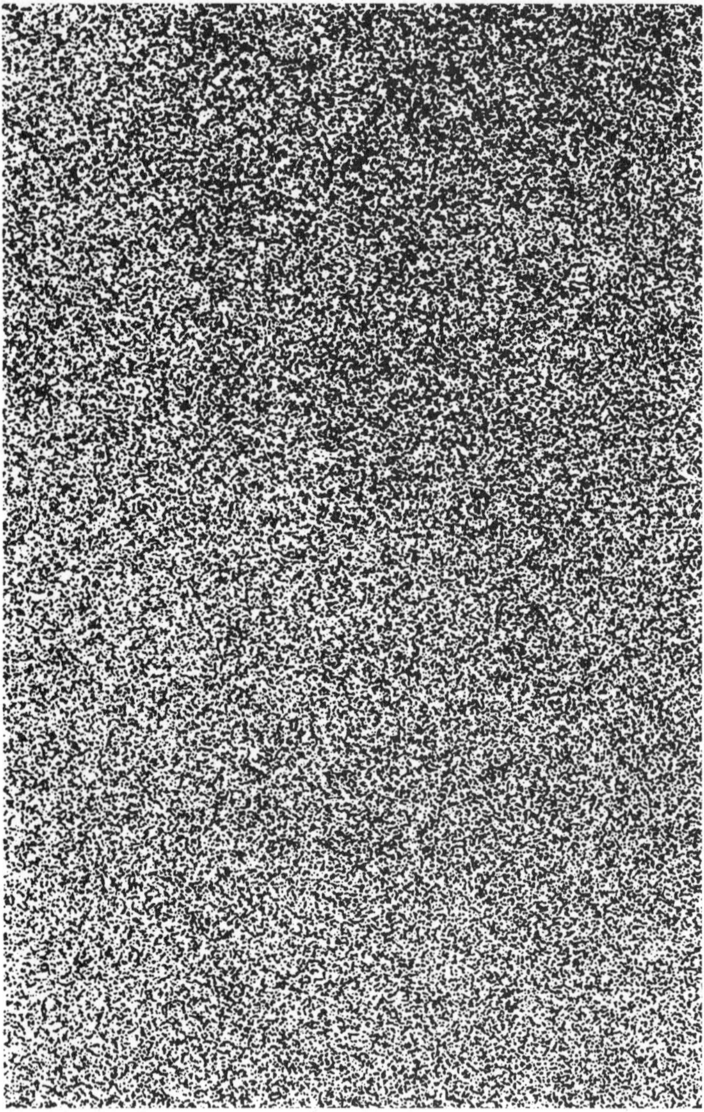

Sie hat ganz still zugehört. Sie fühlt, daß ihr die Tränen in die Augen steigen, aber sie kann sie gerade noch zurückhalten.
Annie und Bram hat sie auch gekannt. Das waren die Tochter und der Schwiegersohn von Tante Jetje, und Ineke war die Enkelin.
Wenn sie kann, wird sie versuchen, Tante Jetje ein bißchen aufzuheitern.
Sie hat Mama versprochen, einkaufen zu gehen. Vielleicht will Tante Jetje mitkommen?
Das will Tante Jetje gern. Arm in Arm gehen sie über den Haagweg.
»Genau wie früher mit Annie«, sagt Tante Jetje. »Das war auch so schön.«
Sie redet in einem fort. Sie muß sich bemühen, nicht über die Untertauchzeit zu sprechen. Tante Jetje soll getröstet werden, aber Tante Jetje fragt soviel.
»Wie hast du dich gefühlt, als du zum erstenmal mit einem Stern auf der Brust auf die Straße mußtest?«
Sie antwortet nicht.
»Kind, was hast du all die Jahre getan, als du nicht hinaus durftest?«
Sie gibt keine Antwort. Wie soll man das jemandem erklären, der den ganzen Krieg über in Amerika gewesen ist?

»Guten Tag, Frau Nieweg.«
Vor Tante Jetje steht eine Frau.
»Kennen Sie mich nicht mehr? Frau van Dalen, Sie wissen doch? Früher habe ich Ihnen manchmal im Laden geholfen.«
»O ja«, sagt Tante Jetje, aber sie sieht am Gesicht der Tante, daß sie nicht weiß, wer diese Frau ist.
»Wie geht es denn ...«
»Prima, prima. Annie und Bram und der kleinen Ineke geht es prima. Sie wohnen in einem prachtvollen Bungalow in Florida. Sie haben sogar ein Schwimmbad. Guten Tag, Frau van Dalen. Komm, Rachel, wir gehen weiter.«
Tante Jetje zieht sie mit, aber sie hört noch, wie Frau van Dalen sagt: »Wieder eine zuwenig vergast. Blöde Kackmadam. Mit einer Verkäuferin redet sie nicht mehr.«

Onkel Jakob

Sie liebt Onkel Jakob sehr. Schon drei Jahre hat sie ihn nicht gesehen. Eines Morgens ist er von den Deutschen aus seiner Wohnung geholt worden. Ihr Cousin, der damals zwölf Jahre alt war, hat die Tür aufgemacht, und als sie ihm zuriefen: »Wo ist dein

Vater?«, hat er geantwortet: »Hier, meine Herren, im Zimmer.«
Sie sind hinaufgegangen und haben ihn mitgenommen, an einem Montag im Mai.
Jetzt, da der Krieg vorbei ist, wartet sie jeden Tag auf ihn. Mamas Eltern sind zurück, Tante Liny und Onkel Jo sind zurück, Miep ist zurück, jetzt fehlt noch Onkel Jakob.
Opa und Oma, die Eltern von Vater, kommen nicht zurück. Mutter hat es ihr gesagt, und allmählich begreift sie, was das heißt. Jeden Abend hört sie Papa um seine Eltern weinen. Sie hört es, wenn sie im Bett liegt. Ganz tief unter der Decke weint sie mit. Sie hat Mitleid mit ihm und auch mit ihren ermordeten Großeltern.
›Morgen wird es passieren. Morgen kommt er.‹ Das denkt sie jeden Tag, und deshalb will sie auch jeden Tag ihre schönsten Kleider anziehen.
Wenn er kommt, wird er genau wie früher rufen: »Hallo, Schwarzkopf, komm zu deinem Onkel.«
Er wird sie hochheben und über seinen Kopf schwenken, und sie wird wieder schreien: ›Laß mich runter. Nicht mehr, ich will nicht mehr!‹
Heute mittag kommt Onkel Jakob. Ganz bestimmt. Sie wird ihre weiße Bluse anziehen.
»Mama, wo ist meine weiße Bluse?« ruft sie hinunter.

»Auf dem großen Bett. Ich muß sie noch bügeln.«
»Das mache ich selbst, Mama, laß nur.«
Sie nimmt das Bügeleisen. Im Wäscheschrank liegt das Flanelltuch, das über das Brett gelegt werden muß.
Sie macht die Türen des Wäscheschranks auf. Das Tuch liegt nicht da. Vielleicht liegt es weiter oben?
Sie stellt sich auf einen Stuhl. Jetzt kann sie weit oben in den Wäscheschrank schauen. Sie sieht eine blaue, geblümte Tischdecke, an die sie sich gut erinnern kann, vor der Untertauchzeit. Die Tischdecke wurde immer aufgelegt, wenn jemand aus der Familie Geburtstag hatte.
Das letztemal war das für Esther, als sie acht wurde.
Sie legt die Hand auf die Tischdecke. Etwas raschelt, es hört sich an wie Papier. Sie hebt die Tischdecke hoch. Zwischen blauen Blumen liegt ein Stapel Briefumschläge. Wo hat sie die schon gesehen? Ja, richtig, auf der Türmatte. In dieser Woche hat der Postbote fast jeden Tag solche Umschläge mit einem roten Kreuz darauf durch den Briefschlitz geworfen.
Hat Mutter sie im Wäscheschrank versteckt? Warum?

Sie nimmt einen Umschlag. Ganz vorsichtig holt sie einen Brief heraus. Es steht viel zu lesen auf dem Papier. Sie überfliegt die Zeilen. Mutter darf nicht wissen, was sie jetzt macht. Es muß schnell gehen.
Unten auf dem Brief stehen die Namen von Papas Eltern, und dann:

*vermutlich gestorben in Sobibor**
am 10. April 1943.

Sie erschrickt, und dabei hat sie es doch schon gewußt, aber erst jetzt, nachdem diese Nachricht vom Roten Kreuz gekommen ist, ist es wirklich wahr.
Sie schiebt den Brief wieder zwischen die Tischdecke, nimmt einen anderen Umschlag und macht ihn auf.

Jakob Rozeboom
*vermutlich gestorben in Mauthausen**
am 30. November 1942.

Sie fängt an zu lachen. Das Rote Kreuz ist verrückt geworden. Ihr Onkel Jakob tot? Aber nein, heute

* Konzentrationslager

kommt er zurück. Oder spätestens nächsten Monat. Er ist irgendwo in Rußland, und er hat sein Gedächtnis verloren. Nächsten Monat wird er wissen, wer er ist. Er wird hereinkommen, und er wird rufen: »Hallo, Schwarzkopf, komm zu deinem Onkel.«

Sie bügelt ihre weiße Bluse, einfach so auf dem Holz des Bügelbretts.

Sie zieht sie an. Sie stellt sich vor den Spiegel.

»Er wird mich schön finden und groß«, sagt sie zum Spiegel.

Gibt es die noch?

Zur Zeit weiß man nicht, ob jemand lebt oder tot ist.

Jedesmal, wenn sie mit Leuten zusammen sind, die untergetaucht oder in einem Lager waren, hört sie: »Gibt es den noch? Gibt es die noch?«

Sehr oft muß dann nein gesagt werden.

Deshalb traut sie sich nicht, etwas zu fragen. Nach einer Weile kommt sie ja doch dahinter.

Heute ist Freitag. Am Freitagabend haben sie immer viel Besuch. Genau wie früher, vor dem Krieg,

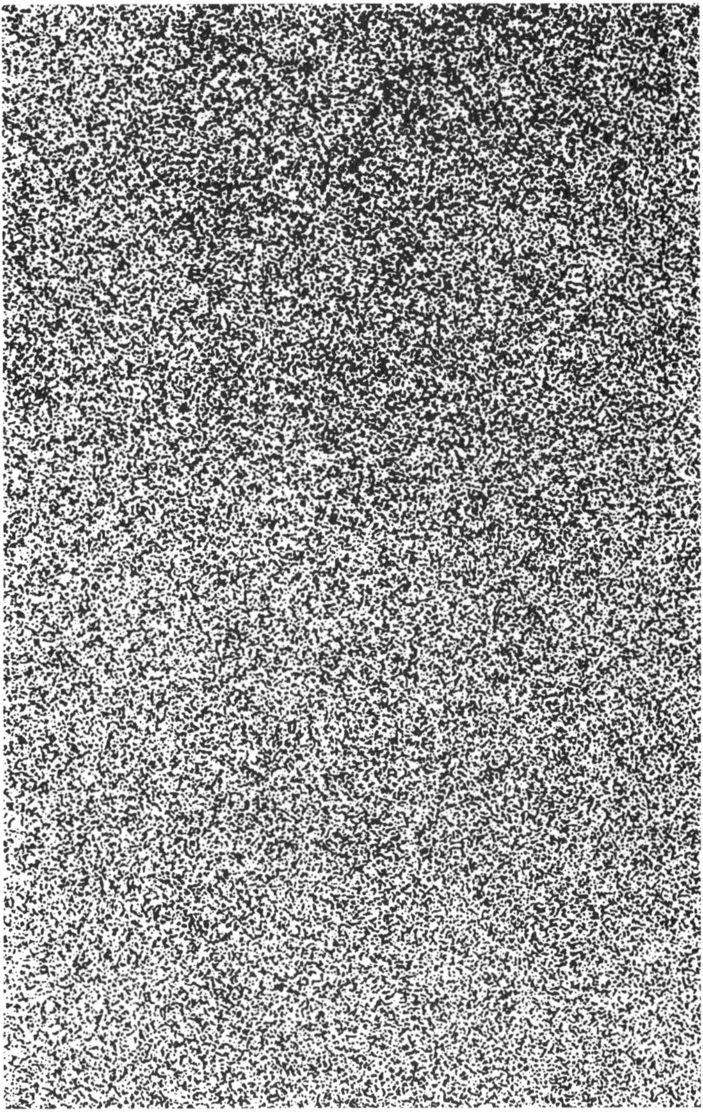

feiern sie den Beginn des Sabbats*. Es ist fast genauso gemütlich wie früher, aber doch anders. Es wird nicht mehr so viel gelacht.
»Der alte Jopie war ein Spaßvogel«, sagt Opa abends. »Wenn der jemand auf den Arm nehmen konnte, hat er es gemacht.«
»Gibt es den noch?«
»Nein.«
»Tante Mietje konnte wunderbar singen. Sie war in einem Chor.«
»Gibt es die noch?«
»Nein.«
Mutter zeigt ein Foto herum. »Dieses Foto war auch untergetaucht«, witzelt sie.
»Ach«, sagt Papa. »Schau nur, Onkel Louis und Tante Eva. Und da, neben meinem Finger, Leo und Leny. Alle sind sie tot.«
Das Foto wird wieder in die Schublade gelegt. Sie fahren fort zu reden und Witzchen zu erzählen.
Wenn sie nur nicht wieder von Menschen anfangen, denkt sie. Vielleicht machen sie dann den ganzen Abend Witze.
»Sag, habt ihr was gehört von Professor van

* Sabbat ist der jüdische Ruhetag; er beginnt am Freitagabend bei Sonnenuntergang.

Dam?« fragt Oma zwischen zwei Witzen. »Er war mit uns in Westerbork.«
»Gibt es den noch …?«
»Ich gehe ins Bett«, sagt sie.
»Jetzt schon?« fragt Mutter.
»Ja, ich bin müde.«
Im Bett kann sie denken, was sie will, und da braucht sie nicht immer wieder die eine Frage zu hören: »Gibt es den noch? Gibt es die noch?«

Am nächsten Tag begegnet sie auf der Straße dem Fräulein vom Kindergarten. Früher hat sie Frau van Arum so nett gefunden.
Wenn sie in Rijswijk übernachtete, bei ihrem Onkel und ihrer Tante, durfte sie oft mit ihrem Cousin in den Kindergarten. Sie war dann in der Klasse von Frau van Arum. Sie weiß noch, daß sie den Kindergarten in Rijswijk viel schöner fand als den in Rotterdam.
»Du bist groß geworden«, sagt Frau van Arum.
»Ja, nicht wahr«, sagt sie.
»Ihr habt es nicht leicht gehabt, oder, Rachel?«
»Nein.«
»Erinnerst du dich noch an Tineke und Michel?«
»Ja, Tineke hatte lange Zöpfe.«
»Das hast du dir gut gemerkt«, sagt Frau van Arum.

»Gibt es die noch?«
Frau von Arum schaut sie an. »Wieso fragst du das denn?« sagt sie.

Brechbohnen

Oma und Opa haben aus dem Konzentrationslager für jeden ein Geschenk mitgebracht. Für Vater eine Nagelschere, für Esther einen Ring, für sie ein Armband und für Mutter einen kleinen silbernen Topf.
»Das habe ich alles zwischen den Sachen gefunden, die die Leute zurückgelassen haben, als sie in ein anderes Lager mußten«, erzählt Oma.
›Sind die Leute tot, Oma?‹ würde sie gern fragen, aber das traut sie sich nicht.
Sie findet es schrecklich, etwas von einem toten Menschen tragen zu müssen. Deshalb hat sie das Armband aus blauen Perlen noch nie angezogen.
»Trägst du das schöne Armband nicht?« hat Oma sie gefragt.
»Ich habe Angst, daß es kaputtgeht, Oma«, hat sie geantwortet. Sie kann doch nicht zu Oma sagen, daß es ihr unheimlich ist, das Armband zu tragen.

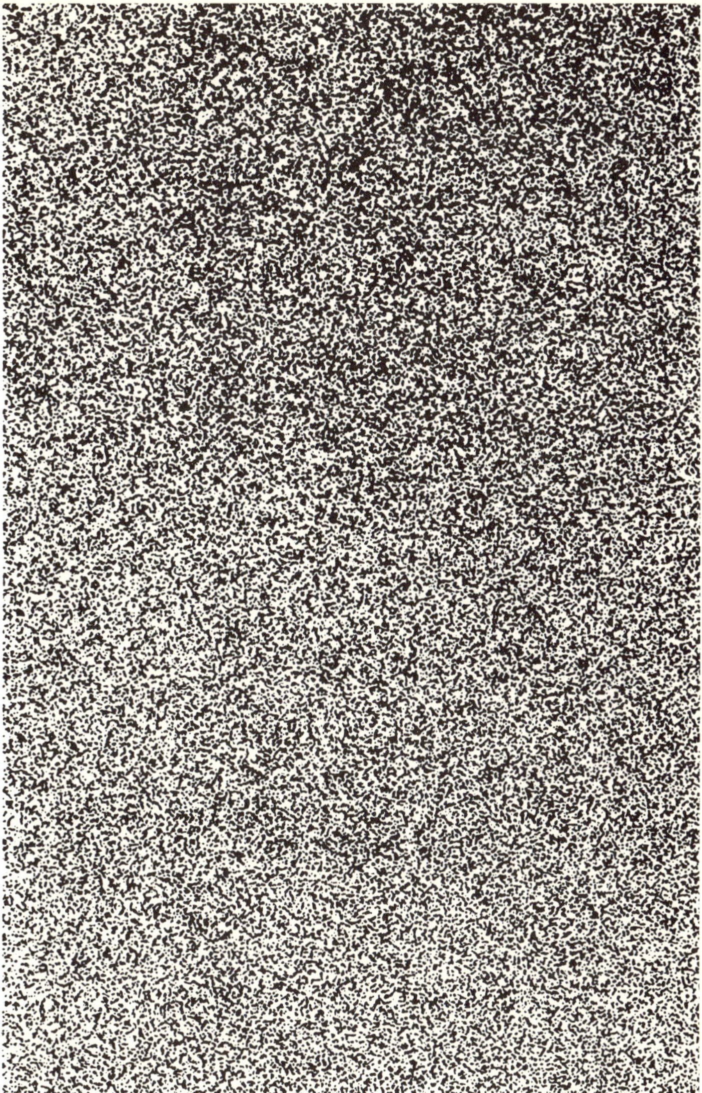

Vater benutzt seine Nagelschere. Esther trägt ihren Ring.
Oma findet das schön.
»Aus allem Elend doch Geschenke mitgebracht«, sagt sie, und dann sieht sie froh aus.
Bis jetzt hat Mama ihren kleinen Topf noch nie auf den Tisch gestellt.
Zum Glück nicht. Wenn sie in den Küchenschrank schaut, muß sie immer an die Leute denken, die ihn vor langer Zeit auf ihrem Tisch stehen hatten.
In welchem Land das wohl gewesen war?
Sie sitzen am Tisch. Oma kommt mit Kartoffeln. Mutter trägt ein Schüsselchen Fleisch.
»Warte, ich hole schnell die Brechbohnen. Bleib du nur sitzen.« Oma ist schon wieder weg in die Küche.
»Lecker! Brechbohnen!« ruft Esther.
Nun passiert es. Oma kommt mit dem Topf herein. »Hier sind die Brechbohnen«, sagt sie fröhlich. »Ich habe den Topf gründlich geputzt. Ist er nicht prächtig?«
Der kleine Topf steht mitten auf dem Tisch und glänzt.
»Rachel, komm, iß was«, sagt Papa.
Sie nimmt ein Stück Fleisch und etwas Kartoffeln.

»Du mußt noch Bohnen nehmen. Die haben Vitamine. Das ist gut für dich.«
Mutter kommt mit dem Topf auf sie zu. »Komm, Rachel, nimm von den Brechbohnen.«
»Nein.«
»Nein? Du hast Brechbohnen doch immer so gern gegessen.«
»Jetzt nicht mehr.«
Nach dem Essen wäscht sie zusammen mit Esther ab. Das tun sie jeden Abend. Sie singen dann miteinander und haben viel Spaß.
Heute hat sie keine Lust zu singen.
»Bring du die Tassen, die abgetrocknet sind, gleich ins Wohnzimmer«, sagt sie zu Esther.
Der Abwasch ist fertig. Nur noch der Topf. Sie gibt ihn ins Spülwasser.
»Elender Topf«, flüstert sie. »Du kannst was erleben!«
Sie macht die Küchentür auf, nimmt den Topf und wirft ihn im hohen Bogen über den hölzernen Zaun, der um den Garten herum ist. »So, das war's. Auf die Wiese dahinter kommt nie jemand. Dieser Topf kommt nie mehr zurück.«
»Kinder, danke für den Abwasch«, sagt Mutter, als sie in die Küche kommt. »Schau an, und aufgeräumt habt ihr auch schon. Fein, wirklich.«

Als sie am folgenden Tag am Tisch sitzen, sagt Oma: »Ich habe wie blöd nach dem Topf gesucht, den ich euch aus Theresienstadt mitgebracht habe. Ich kann ihn nirgends finden. Weiß jemand, wo er ist?«
»Ich nicht«, sagt Mutter.
»Ich nicht«, sagt Esther.
»Nein, ich auch nicht«, sagt sie.

Fast frei

So oft hatte sie sich vorgestellt, wie es sein würde, wenn sie wieder zur Schule gehen könnte. Drei Wochen ist es nun her, seit sie zum erstenmal wieder das Gebäude betrat, aus dem sie von den Moffen hinausgeworfen worden war.
Sie kann nicht mehr lernen. Erdkunde geht nicht gut, und Rechnen kann sie auch nicht.
Brüche? Nie davon gehört.
Malnehmen, teilen? Nie davon gehört.
»Wenn du nicht lernen kannst, mußt du eben nach der Grundschule in die Haushaltsschule«, sagt Mutter oft.
Aber was soll sie in der Haushaltsschule? Sie ist überhaupt nicht geschickt. Abspülen und Staubsaugen kann sie auch nicht besonders.

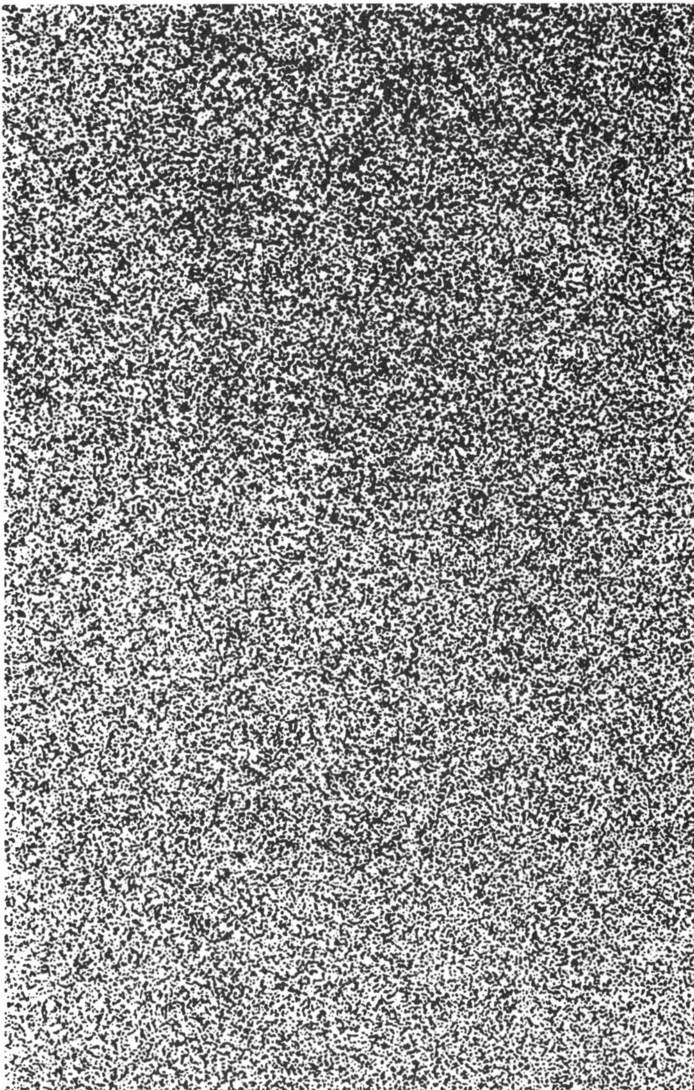

Aufsätze schreiben ist wunderbar. In der Untertauchzeit hat sie sich so viele Geschichten ausgedacht. Sie sind in ihrem Kopf, und sie braucht sie nur noch aufzuschreiben.
Könnte sie nur ein bißchen besser rechnen! Herr Stigter ist ein sehr netter Lehrer. Er hilft ihr beim Rechnen, auch nach der Schule. Sie kann nichts dafür, daß sie nichts versteht, daß sie so dumm geworden ist.
»Leute«, sagt Herr Stigter, als sie ihre Schultaschen an die Bank gehängt haben. »Leute, nehmt eure Hefte. Wir werden einen Aufsatz schreiben.«
»Was für ein Glück, kein Rechnen«, sagt sie zu Lineke, die neben ihr sitzt.
»Wir werden einen Aufsatz über ein sehr schönes Thema schreiben, und zwar über die Befreiung, die wir vor kurzem erlebt haben. Ich gebe euch eine Dreiviertelstunde. An die Arbeit.«
Sie beugt sich über ihr Heft. So, die Überschrift für den Aufsatz steht schon da. *Fast frei.*
Sie wird mit dem letzten Abend vor der Befreiung anfangen und dann langsam zum fünften Mai übergehen. Sie schreibt den ersten Satz unter die Überschrift: *»Ich glaube… ich glaube…« sagte der Onkel.*
Der Onkel, die Tante, wie es ihnen wohl geht? Die

Tante war sehr traurig gewesen, als sie aus Venhuizen weggingen. Ob das jetzt vorbei ist?
Sie beißt auf ihren Federhalter. Jetzt hat sie Holzsplitter auf der Zunge.
Sie spuckt sie aus.
»Geht es nicht?« Herr Stigter legt einen Arm um sie. Sie fühlt seinen Kopf dicht an ihrem Kopf.
»Nein, ich kann nicht weiter.«
»Woran liegt das?«
»Weiß ich nicht.«
»Weinst du?«
»Nein.«
»Komm mal eben mit. Wir gehen zusammen ins Lehrerzimmer. Kinder, ich muß mal mit Rachel kurz weg. Arbeitet ruhig weiter. Ihr habt noch eine halbe Stunde.«
Zusammen mit Herrn Stigter geht sie durch den langen Flur. Ihre Schritte klingen laut auf dem Steinfußboden.
»Geh nur rein.« Herr Stigter hält ihr die Tür auf.
»Jetzt kann ich auch keinen Aufsatz mehr«, seufzt sie.
»Natürlich bist du gut im Aufsatzschreiben. Das wissen wir doch. Aber weißt du, was ich glaube? Vielleicht ist es für dich noch zu früh, um über die Befreiung zu schreiben. Du mußt noch so viel ver-

arbeiten. Ich hoffe, daß ich dir dabei helfen kann.«

»Gestern abend sind sie auf hundertfünf gekommen.«

»Hundertfünf?«

»Ja. Jeden Abend zählen mein Vater und meine Mutter, wie viele Familienmitglieder weg sind.«

»Ermordet?«

»Ja. Dreiundsiebzig sind es von Mamas Seite, und heute abend ist Papa wieder an der Reihe zu zählen.«

»Hier«, sagt Herr Stigter. »Hier hast du das Brot*, das ich mir für die Pause mitgenommen habe. Geh du ruhig hinaus und verfüttere es an die Enten. Zähl mal, wie viele Enten im Wassergraben schwimmen. Kinder von dreizehn sollten Enten zählen und keine toten Menschen.«

»Darf ich einfach hinaus? Mein Aufsatz ist noch nicht fertig.«

»Geh du nur, geh nur. Das macht nichts. Du kannst ihnen mein ganzes Brot geben. Enten füttern während der Schulzeit und die Sonne auf deinem Gesicht fühlen. Auch das ist Freiheit. Und dieser Aufsatz... Vielleicht kannst du ihn irgendwann mal

* Brot gab es noch auf Marken; man bekam pro Person eine bestimmte Ration, mit der man eine Woche auskommen mußte.

schreiben, wenn du schon längst in der Sekundarschule bist oder im Gymnasium, oder noch später. Ich bin dann nicht mehr dein Lehrer, aber darf ich ihn dann trotzdem lesen?«

»Natürlich.«

»Versprochen?«

»Versprochen.«

»Hand drauf?«

»Hand drauf.«

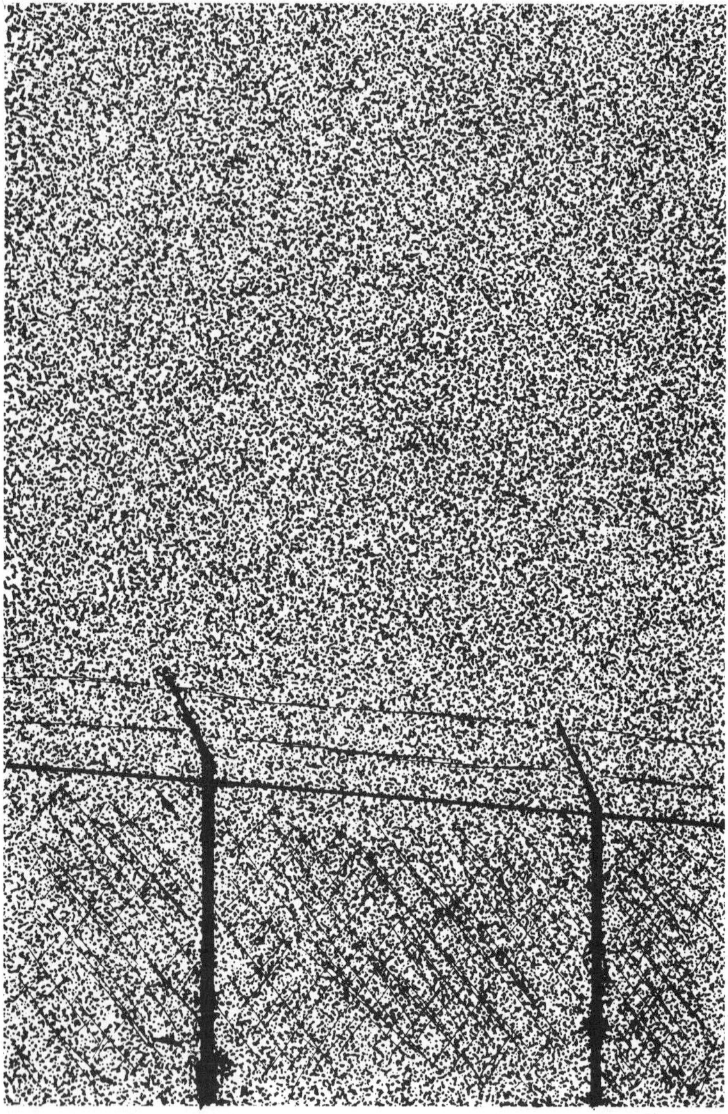

100000 niederländische Juden wurden in deutschen Konzentrationslagern ermordet.
Unter ihnen waren die folgenden Menschen aus diesem Buch:

Onkel Jakob	in Mauthausen
Herman	in Auschwitz
Tante Esther	in Treblinka
Onkel Max	in Treblinka
Mirjam	in Sobibor
Sally	in Sobibor
Opa und Oma	in Sobibor
Max	unbekannt
Lex	unbekannt
Rivkah	in Auschwitz
Benny	in Theresienstadt
Marga	in Bergen-Belsen
Mientje	in Bergen-Belsen
Johnny	in Auschwitz
Tante Malli	in Auschwitz
Onkel Moritz	in Auschwitz
Bram	in Sobibor
Annie	in Sobibor
Ineke	in Sobibor
der alte Jopie	in Treblinka
Tante Mietje	unbekannt
Onkel Louis	in Auschwitz

Tante Eva	in Auschwitz
Leo und Leny	in Auschwitz
Professor van Dam	unbekannt

Der Herr Pfarrer war als Strafgefangener in Scheveningen. Fünf Monate später, anläßlich des Geburtstages von Hitler, wurde er freigelassen.

Rechenschaft

So genau wie möglich habe ich versucht, unsere Erlebnisse wiederzugeben.
Nur vier Untertauchadressen wurden in diesem Buch genannt.
Viele andere Menschen haben uns einen oder mehrere Tage und Nächte Unterschlupf gewährt, aber für die Geschichte hätte es zu weit geführt, alle Adressen und Menschen aufzuzählen.
Auch wenn diese Menschen nicht genannt wurden, so haben sie doch mitgeholfen, unser Leben zu retten.

Ida Vos

Fischer Schatzinsel

Taschenbücher für Kinder

Joan Aiken
Arabels Geburtstag
Band 80036
Arabels Rabe
Band 80016
Arabel und die entflohene Schwarze Mamba
Band 80017
Das Geheimnis um das verschwundene Taxi
Band 80040
Ferien mit Mortimer
Band 80043
Mortimers Krawatte
Band 80039
Mortimers Kreuz
Band 80131
Mortimer und die Brottrommel
Band 80038
Mortimer und das Schwert Excalibur
Band 80018
Die Wendeltreppe
Band 80042

Margaret Atwood
Hoch oben im Baum
Band 80001

Edith Baer
Es fiel ein Reif in der Frühlingsnacht
Band 80076

Marlies Bardeli
Merle kann nicht singen
Band 80073

Lotte Betke
Herbstwind
Band 80029

Ulrike Blaschek-Krawczyk (Hg.)
Zauberpferd und Nebelriese
Märchen zum Vorlesen
Band 80160

Nortrud Boge-Erli
Das Glück der Elli G.
Band 80059

Maj Bylock
Purzelbaum und Liebesbrief
Band 80005

Robert Cormier
Auf der Eisenbahnbrücke
Band 80033
Der Schokoladenkrieg
Band 80012

Fischer Taschenbuch Verlag

fi 6007 / 4 a

Fischer Schatzinsel

Taschenbücher für Kinder

Martin Klein
Lisas Zauberperle
Band 80096

Norma Klein
Familienbande
Band 80145
Leda und die Anfänge der Liebe
Band 80144

Janusz Korczak
Kaitus oder Antons Geheimnis
Band 80008

Rindert Kromhout
Eklige Ellie und nervige Nellie
Band 80084
Das Geheimnis der abgebissenen Finger
Band 80082
Solche Freunde können mir gestohlen bleiben
Band 80083

Rindert Kromhout
Hände hoch!
Band 80081

James Krüss
Bongos Abenteuer
Band 80052
Der Weihnachts-papagei
Band 80002
Sonntagmorgen-Geschichten
Band 80037

Dieter Kühn
Es fliegt ein Pferd ins Abendland
Band 80009
Prinz Achmed und die Pferde des Sultans
Band 80111

Guus Kuijer
Im Land der Nashornvögel
Band 80120

Reiner Kunze
Der Löwe Leopold
Fast Märchen, fast Geschichten
Band 80161
Wohin der Schlaf sich schlafen legt
Gedichte für Kinder
Band 80003

George MacDonald
Der goldene Schlüssel
Band 80118

P. MacLachlan
Sieben Küßchen hintereinander
Band 80109

Hans Manz
An Türen klopfen
Zwölf Geschichten für zwölf Monate
Band 80010

Fischer Taschenbuch Verlag

fi 6007 / 5 c

Fischer Schatzinsel

Taschenbücher für Kinder

Mary Norton
Die Borger
Band 80062

Leonie Ossowski
Die große Flatter
Band 80163

Inge Ott
Der stumme Wächter
Eine Geschichte um den Golem im alten Prag
Band 80068

Iris Anna Otto
Tango für die Mäuse
Band 80164

Gary Paulsen
Foxman
Band 80031
Lied der Wildnis
Band 80022

Jo Pestum
Cowboys weinen nicht
Band 80045
Die Waldläufer
Band 80014

Herbert Plate
Der weiße Falke
Band 80023

Gunter Preuß
Vertauschte Bilder
Band 80011

Patrick Raymond
Daniel und Esther
Band 80046

Bjarne Reuter
Küß die Sterne!
Band 80072
So einen wie mich kann man nicht von den Bäumen pflücken, ***sagt Buster***
Band 80019

Bjarne Reuter
Das Ende des Regenbogens
Band 80071

Philip Ridley
Dakota Pink
Band 80063
Krindelkrax
Band 80028

Luise Rinser
Drei Kinder und ein Stern
Band 80004

Felix Salten
Bambi
Band 80108

George Sand
Die wahrhaftige Geschichte des kleinen Gribouille
Illustrationen von Maurice Sand
Band 80021

Fischer Taschenbuch Verlag

fi 6007 / 3 d

Fischer Schatzinsel
Taschenbücher für Kinder

Jutta Schlott
Kalter Mai
Band 80058

Annie M.G.Schmidt
Wiplala
Band 80020

Robert W. Schnell
Pulle und Pummi
Band 80075

Nava Semel
Gerschona
Band 80035

Russell Stannard
Durch Raum und Zeit mit Onkel Albert
Eine Geschichte um Einstein und seine Theorie
Band 80015

Russell Stannard
Onkel Albert und die kleinsten Teilchen
Band 80104
Onkel Albert und der Urknall
Band 80055

Ulf Stark
Kannst du pfeifen, Johanna
Band 80132
Percys Turnschuhe
Band 80030

William Steig
Dominic
Band 80070

Klaus Steinvorth
Achmed
Der Aufstand der Kinder
Band 80106

Dolf Verroen
So geht es dir, wenn Krieg ist
Band 80094

Ida Vos
Wer nicht weg ist, wird gesehen
Band 80142

Uwe Wandrey
Gummibärs Glück
Band 80027

Robert Westall
Das Versprechen
Band 80159
Yaxleys Katze
Band 80024

David Henry Wilson
Was macht der Wolf in meinem Pudding
Band 80080

Fischer Taschenbuch Verlag

fi 6007 / 1 e

Wir sind mutiger als ihr denkt

» ›Du bist doch ein Murks‹, sagte der Pariser Junge, der auf einer Mauer saß und mit Spucke und den Hemdsärmeln seine Pistole ohne Hahn putzte. ›Wenn du dir schon alles sagen läßt, so mußt du doch nicht alles tun, was du gesagt kriegst. Sieh mich an. Ich sage mir selbst, was zu sagen ist. Vor allem aber tue ich, was ich tun muß. Und zu tun gibt es eine ganze Menge.‹ «

Gunter Preuß, Vertauschte Bilder

Illustration: Olof Landström

Band 80012

Band 80019

fi 6013 / 2 a

Illustration: Mark Robertson

Band 80011

Band 80013

Band 80028

Illustration: John Levers

Band 80055

Band 80104

Band 80024

Fischer Schatzinsel

Taschenbücher für Kinder

fi 6018 / 1 b